空が割れる

藤田宜永

集英社

逆上がりの空　5
小さくて不思議な空　43
空が割れる　85
画用紙の中の空　123
鈴の響く空　161
サンタの空　197

装丁　加藤愛子（オフィスキントン）

空が割れる

逆上がりの空

栄太郎《えいたろう》が家に来るまでに戻っていなければならない。五月《さつき》は電車を降りると道を急いだ。先程まで一緒に飲んでいた敦子《あつこ》には何も話さなかった。誰かに話してしまったら、迷いが生じるかもしれない。酒で勢いをつけ、栄太郎と会うことにしたのだ。

街路灯に雨が斜めに走っている。煙《けぶ》るような雨で、暗い空から落ちてくるというよりも、地面から湧きでてきたような雨である。近所の神社のソメイヨシノがいつしか葉桜に変わっていた。

五月はしばらく、栄太郎に連絡を取っていなかった。栄太郎の方からも何も言ってこない。携帯が鳴れば、彼かもしれないという思いが脳裏をかすめたし、メールを開けば、岩佐《いわさ》栄太郎という名前を自然に探していた。しかし、栄太郎はそれほど頻繁に連絡を取ってくる男ではない。彼からの連絡が妙に気になるのは、五月の心模様のせいである。

五月の方は意識的に連絡しなかった。栄太郎と付き合って二年の時が流れた。もうお終いにしよう、と何度も思ったけれど、ふんぎりがつかなかった。

栄太郎から久しぶりに連絡があったのは、敦子と待ち合わせをしていた六本木に着いてすぐのことだった。

今夜会いたいという。断るしかないと思ったが、けじめをつける絶好の機会かもしれない、と家に来てもらうことにした。

「遅くはならないからどこかで待ってて。ちょっと話があるの」五月は静かに言った。

「何かあったのか？」

「会った時に話す」五月は待ち合わせの時間を決めて電話を切った。

栄太郎とは西麻布《にしあざぶ》にあるバーで知り合った。坂上《さかがみ》さんという常連客が紹介してくれた。坂上さんは映画製作会社のプロデューサーをしている。栄太郎は坂上さんの大学時代の同級生で、大学の准教授だという。

そのバーは、聡美《さとみ》さんというママがひとりでやっている小さな店である。

聡美さんはとても上品で、センスがよく、その上、すごい美人だった。話を聞いていると教養もかなりありそうだが、鼻にかけることは決してない。客の話にそっと入り、盛り上がるとそっと抜ける。そんな感じの女である。雑誌の取材依頼もかなりきているそうだが、彼女は上手に断り、常連客を大事にしている。噂によると、男爵家の末裔《まつえい》らしい。激しい恋をして一緒になった夫に先立たれたことがきっかけで、店を出したという。それらのことが単なる噂だとしても、五月はそんなことはどうでもよかった。ひとつの神話が生まれるくらい魅力のある聡美さんと話していると心が和んだ。

聡美さんの人柄と店の小ささのせいで、客同士が親しくなることは珍しくなかった。

仕事は何をしているのか、と栄太郎に訊かれた。

五月は事務機メーカーに勤めているが、派遣社員である。受発注や納品の管理が主な仕事である。初めのうち、坂上さんを中心に映画や音楽というありきたりの話をしていた。その間、五月は坂上さんが気に入っているワインをご馳走になった。

話題が昆虫に移ったのは、坂上さんが、昆虫のドキュメンタリーを製作したのがきっかけだった。五月は昆虫が嫌いだった。気持ちが悪いというだけの理由で好きになれないというのではない。

学生時代に好きになった男の趣味は写真と昆虫だった。カメラの方はさておき、昆虫の話には閉口した。それでも好きな男の趣味だから、と一生懸命に合わせた。分かりやすい昆虫の本も勧められるままに読んだ。しかし、五月が昆虫の本を読まされている間に、相手はちゃっかり、ぐんと歳上の女の写真家の恋人になっていた。無邪気に昆虫の本を読んでいた自分が情けなかったし、侮辱された気がして、昆虫のフェロモンに関する本を滅茶苦茶に破いた。

「五月さんは昆虫に興味ないよね？」坂上さんが訊いてきた。

「ないですよ」

「あったら是非、見てもらいたいって思ったんだけど。自分で言うのも何だけど、とてもよく出来てるんだよ」

「女で昆虫好きっていう人は、そうはいないんじゃないかしら」聡美さんが口をはさんだ。「飛んでいる蝶々は華麗ですよ。でも、そんな美しいものばかりじゃないでしょう。ゴキブリのようなのもいるし」

「ゴキブリは僕も駄目ですね。見たら悲鳴を上げちゃうかもしれない」栄太郎が肩をすくめて短く笑った。

五月は胸を張って言った。「私、大丈夫です。今はもうそんなことしませんけど、捕まえてスリッパで叩き潰すと快感だったことがあります。ぐじゃって潰すの」

昆虫男への復讐がそうさせていたのだが、そのことは口にしなかった。

聡美さんと坂上さんが唖然として五月を見つめた。

酔いのせいもあったのだろう、驚かれるのが面白くて、こう続けた。

「本で読んだんですけど、ゲンゴロウは肉食で、フナだって襲っちゃうそうですよ。でも、ゲンゴロウにちょっと似てるガムシの方は主に植物を食べてるんですって」

坂上さんの表情がゆるんだ。「昆虫嫌いなのに詳しいな。だったら是非、うちの番組観て。ＢＳのね……」

局名と放送日時を教えられた。

「五月さんって、愉快な人ですね。うん、実に愉《たの》しい」栄太郎が目を輝かせて五月を見た。

そんなに喜ばれるとは思わなかった。五月は拍子抜けした。

栄太郎は案外図々しかった。友人をひとりにして、五月の隣に席を移動した。

「他に昆虫のことで知ってることありますか？」

「そうねえ。ミノムシの雌は裸じゃ食事をしないんですって。ミノから一生出ずに暮らすから」

「裸じゃないと食事をしないっていう女が出てくる小説があるけど、ミノムシは裸じゃ飯を食べないのかあ」

五月の昆虫話に妙に関心を持っている。よく分からない男だ。五月はワインを飲みながら栄太郎を盗み見た。

特段、魅力的とは思えない。棒のように痩せていて、カウンターに片手をつきながら、五月に近づいてきた姿は、枝を這うナナフシに似ているかもしれない。そう思った瞬間、グラスを空けた。昆虫を思いだす自分が嫌になった。

「岩佐、戻ってこいよ」

坂上さんが注意したが、栄太郎は引き下がらなかった。

「ご迷惑ですか？」

真っ直ぐに切り込まれて、五月は言葉を失った。

「遠慮なく、びしっと言ってください」坂上さんが五月に言った。「ゴキブリを潰すみたいに、ぴしゃってね」

「やめてください。寒気がする」聡美さんがぶるっと躰《からだ》を震わせた。

栄太郎と目が合った。栄太郎が微笑んだ。目の底がとても温かかった。

「先生は、大学で何を教えてるんですか？」

「英米文学です」

「私、あんまり小説、読まないんです」

「ああ、そう。小説を読むのは体力がいるから」

「体力？」

「うん、体力。映画を観るよりも音楽を聴くよりもずっと体力がいるんだよ」

言われてみればそうかもしれない。気合いを入れないと長編小説は読破できない。

「英語も全然駄目なんです」

「英語ね」栄太郎が腕を組んだ。「あんなものはできる奴に任せておけばいいんです。英語のうまい奴と仲良くしておいて、困ったらそいつを呼べばいい」

「外国にまで呼んだら、費用がかかるじゃないですか」聡美さんがさりげなく話に入ってきた。

「そうかあ」栄太郎が首を傾《かし》げた。

首が長く細面だから、顔の長い犬を連想してしまった。

「じゃ、そういう場合は、僕が私費でニューヨークでもロンドンにでも飛んでいきますよ。代わりに、ゴキブリに出くわしたら、潰してください」

五月の頰が赤らんだ。「先生、ちょっと待って。私も本当はゴキブリ大嫌いなんです」

「ああ、それはよかった。これはあくまで一般論ですが、嫌いなものが一致する方がうまくいく。好きなものを合わせようとすると、後々不満が出て、関係が悪くなることがある」

五月は考え込んでしまった。

「どうしたんです？」栄太郎の柔らかい目が五月を覗き込んだ。

「何でもないです」

五月は口がうまい男が苦手だった。警戒心が先立ってしまうのだ。だが、栄太郎の場合は、ふわりとした声でゆっくりとしゃべるせいか、安心感を抱かせた。

「もう帰るよ」坂上が栄太郎を呼んだ。

「先に帰っていいよ」栄太郎は五月を見たままそう言い、「もう少し僕に付き合ってくれますか？」と訊いてきた。

五月は腕時計を見た。「私もそろそろ……」

「岩佐、ここは俺の店だぞ。お客さんにしつこくするんじゃない」

「そうか。そうだね。失礼しました。また機会がありましたら」

栄太郎はちょこんと頭を下げ、坂上さんと一緒に店を出ていった。

あっさりと引かれたものだから、五月は少し寂しかった。だが、感情の尾を引くまでには至らなかった。

二度目に会ったのも同じバーだった。栄太郎はひとりで来ていた。ずっと、同じ席で五月を待っていたような雰囲気がした。

五月と栄太郎は、それがきっかけで個人的に会うようになった。

当時、五月は二十七歳、栄太郎は四十三歳。妻と中学一年の息子がひとりいると教えてくれた。妻子ありと付き合うつもりはなかった。ただ一緒にいるととても愉しかった。昆虫男との関係も率直に話すことができ、派遣社員の待遇の悪さについても愚痴《ぐち》がこぼせた。

栄太郎の方も、若い女友だちが出来た程度にしか思っていない感じだった。物足りないが、それはそれでいいと思った。

それからもよく聡美さんのバーで会った。坂上さんと鉢合わせしたこともあった。坂上さんは、ふたりの関係に興味を持っている様子だったが、露骨に訊いてきたりはしなかった。聡美さんも余計なことは口にせず、ふたりを温かく見守ってくれていた。

ある夜、バーを出た後、散歩に誘われた。

明け方までやっていそうな小洒落《こじゃれ》た店が立ち並ぶ通りをぶらぶらと歩き、大通りを渡った。

栄太郎が、大通りに面した小さな階段を上がった。そこは公園だった。大通りからはまったく見えない。

「こんなところに公園があったんだ」五月は驚いた。

「時々、ぶらりと寄るんだ。最近はあんまり来ないけど」

栄太郎がブランコに腰を下ろした。五月も隣のブランコに座る。

「どうして最近、来ないの？」

「二度も職務質問されたから。そこを曲がったところが幼稚園だし」

「変な事件がいっぱい起こってるからね。岩佐さん、どことなく怪しげだし」五月はさらりと冗談口調で言った。

「そうかなあ」栄太郎はたおやかに笑った。

「うん。怪しい、怪しい、大いに怪しい」

失礼なことを言っていると思いつつも、止まらなかった。

「今夜の五月さん、何か元気ないな」

「分かります？」五月は目を伏せた。

「会社で何かあったのかな」栄太郎が天空に声を放りだすような調子で言った。

「ちょっと嫌なことがあったの」

「そうかあ。嫌なことがあったのか」

栄太郎はそれ以上訊いてこなかった。

五月は、よく虐《いじ》められる。何が原因なのか分からないが、その日は、無愛想だと上司になじられた。前の会社でも、同じようなことを言われ、その上、お前は昼間の仕事向きじゃない。ホステスにでもなったらとも言われた。

高校時代の友だちに、上京してからホステスになった子がいる。その子に会った時訊いてみた。

「私ってホステスに向いてる？」

「向いてないよ」あっさりと言われてちょっとショックだった。「あんたみたいな子はいるけど、大体、うまくいかないね」

「どういうところが？」

「正直すぎるよ。うまいこと言えないくせに、妙に色っぽいんだよね、あんたって。だから、昼間の仕事をしてると、その色っぽいところが邪魔になるんだと思う」

「でも、夜にも向いてないんでしょう。どうするのよ、私」

「いい人、見つけて結婚することね」

訊かれもしないのに、五月はそんな話まで栄太郎にした。

栄太郎は黙って聞いているだけで、余計なことは言わなかった。

「昼と夜の間は黄昏《たそがれ》っていうよね……」

「ちょっと待って」五月は躰を引いた。「私、黄昏れてるんですか」

「まあ、最後まで聞きなさい。黄昏は、昼から夜の間だけど、夜から昼に向かう曖昧《あいまい》な時間は、たとえば曙《あけぼの》っていうじゃないですか」

「曙……。そんな名前のお相撲さんがいましたね」

栄太郎が吹きだした。五月も笑ってしまった。

「じゃ曙のたとえは引っ込めよう。暁《あかつき》ではどうかな？　五月さんは、夜でもなく昼でもない。暁みたいな人。素敵だと思わない？」

何だかぴんとこなかったけれど、何となく気分が晴れた。

「素敵な女っていうとね、私、聡美さんを思いだすの。私、ああいうふうに歳取りたいな」

「彼女に憧れてるんだね」

「ええ」

栄太郎の口許がゆるんだ。

「なぜ、おかしいんですか？」

「女が女に憧れるのは……。まあ、いいかあ」

「未熟だって言いたいの？」

「そこまでは言わないけど」

「男はどうなの？」

「男は、いっぱい男に憧れた方がいい。長嶋選手に憧れ、高倉健に憧れ、チェ・ゲバラに憧れ、ミック・ジャガーに憧れ、カウボーイに憧れ、格闘家に憧れ、ギャンブラーに憧れ……」

「チェ・ゲバラって誰？」五月はおずおずと訊いた。

「革命家」

「革命家……」

五月は鸚鵡返《おうむがえ》しに繰り返した。革命家という言葉に、栄太郎との距離を感じた。

「でも、相手が革命家だとしても、やっぱり憧れるっていうのは、子供っぽいことじゃないんですか？」

「そうかもしれないけど、いいんです。男は何かに憧れてないと生きていけないから」

「先生は、今誰に憧れてるの？」

「スマップの稲垣クン」

「え？」五月は思わず眉をひそめた。

「稲垣クン、趣味じゃない？」

「趣味とか趣味じゃないとかいうんじゃなくて……」五月は言葉に詰まった。

スマップの稲垣クンが嫌いというわけではない。四十すぎの男が憧れる相手ではない、と違和感を持ったのだ。

「でも、どうして稲垣クンがいいんですか？」

「どうしてだろうね。何となくだよ」

「女の人には憧れないんですか？　男の人には、マドンナ志向っていうのがあるじゃないですか？」

「僕にはないみたいだな」

「変ね」五月はひとりでうなずいた。「スマップの稲垣クンに憧れ、女には憧れない。ひょっとして……」

「何？」

「ひょっとして男の人の方が好きとか……」

「結婚してるんだよ」

「だからって……」

「そっちの趣味はまるでないよ」栄太郎はきっぱりと退けた。

栄太郎とは月に二、三度会っていた。ロック・コンサートに行ったこともあれば、駒沢公園でカレーライスを食べたり、自転車に乗ったりしてすごしたこともある。

五月は坂上さんの作った昆虫番組を見逃した。栄太郎は観ていて、坂上さんの作る番組は硬派でいい、と褒《ほ》めた。

そうこうしているうちに、五月の心の中に栄太郎の定席が出来あがった。

これを恋と言っていいのかどうかは分からなかったが、栄太郎に誘われるのを待つ気分が生まれていた。

ひだまりでうとうとしているような気持ち良さに満足してはいたが、時々、この人、私に女を感じないのかしら、と寂しくなることもあった。

出会って三ヶ月ほどの時が流れたある夜、またブランコのある公園に出かけた。

栄太郎は、家庭のことも学校のこともほとんど話さなかった。本当に大学で教鞭《きょうべん》を執っているのかな、と疑いたくなったこともある。大きな秘密があるとは思えなかったが、たおやかさの中に、人に言えない寂しさを抱えているように思えた。

ブランコの揺れに躰を任せて、五月は口を開いた。

「どんな作家を研究してるの？」

「フォークナーって作家が僕の専門。知らないよね」

「ごめんなさい。私、教養ないし、前にも言ったけど、小説はあまり読んでないから」

「いいんだよ、そんなこと」栄太郎が静かに笑った。

「息子さん、中学一年だっけ？」

「ああ」

「一緒に遊んだりするの？」

「するよ。ディズニーランドにも何度も行ってるし、サッカーの相手もしている」

「可愛い？」

栄太郎がじろりと五月を見た。「うん。可愛いよ」

五月は空を見上げた。星も月も出ていない暗い空だった。

「奥さんどんな人？」

「いい奴だよ」さらりと答えた。

「いい奴かあ」五月はブランコを揺らした。「好きで一緒になったんでしょう？」

「そうだよ」

「好きで一緒になったのに、時間が経つと、いい奴になっちゃうんだ」

栄太郎がブランコから下りた。そして、五月の後ろに立ち、揺れているブランコを止めた。

「その反対のケースもある」

「え？」五月が振り返った。

「いい奴が、好きな人に変わることもあるってこと」

栄太郎は腰を屈め、いきなり、五月の唇に唇を重ねた。

いい香りのするキスだった。それは、雨上がりの夏の宵の匂いが混じっていたからかもしれない。


五月と栄太郎は都内の小綺麗なホテルで結ばれた。

五月は、一回り以上も歳の離れた男と関係を持ったことはない。だから、栄太郎が歳の割には元気なのか、普通なのかよく分からなかったが、少なくとも、昆虫男よりはエネルギッシュだった。

しかし、裸になると、想像していたよりも痩せていた。肉体に色気はまるでない。乱暴なことをされていても、そんなことをされているようには感じなかった。棒男は独特の柔らかさを持っていて、それが五月には心地よかった。

奮発したのだろう、スイートルームを取ってくれたこともあった。大事にされていることがとても嬉しかったし、夜景にも目を奪われた。だが、何となくホテルでの逢瀬《おうせ》がしっくりこなかった。ホテルで会っている間、五月は栄太郎のことを〝栄ちゃん〟と呼んでみたけれど、これにも今ひとつ気持ちが入らなかった。

〝先生〟から〝岩佐さん〟に移り、〝栄ちゃん〟と呼んだ短い期間を通過して、再び〝岩佐さん〟に戻った。

五月から自分のマンションに来ないか、と誘った。

「じゃ、そうしよう」

栄太郎はたおやかに、五月の提案を受け入れた。

それから、ごろりと五月の部屋にやってくるようになった。枯れ枝のように痩せた男がごろりとやってくるというのも変だけど、態度がごろりとしているのだった。

ワンルームの部屋は狭い。床に胡座《あぐら》をかいたり、クッションを枕代わりにして、うたた寝したり、五月が眠っている間、隣で英語の本を読んだりしていた。

栄太郎は、よく酒を飲み、よく煙草を吸う男だった。

五月は煙草を吸わない。初めて家に呼んだ時に、禁煙だと言っておけばよかったのだが、ヘビースモーカーに禁煙は可哀そうだと情けをかけて、灰皿代わりに小豆《あずき》の空き缶を渡してしまった。次に来た時、栄太郎は灰皿を持参した。次第に壁の汚れが激しくなり、臭いも部屋中にこびりつくようになった。

「副流煙で私、肺ガンになるかも」

「そうかあ。煙草、嫌いなんだ」

相変わらず栄太郎の口調は穏やかだ。

トボけてるの？　分かってるくせに。五月はちょっと苛立《いらだ》った。

その次は、立派な空気清浄器を抱えてやってきた。

痩せた腕が可哀そうなくらいに大きな空気清浄器だった。

なぜ、強行に禁煙を主張しなかったのか。五月は本当の理由を知っている。栄太郎の煙草の吸い方が好きだったからである。ハードボイルド風に恰好いいというのではない。肺の奥まで吸い込み、ゆっくりと吐きだすものだから、その度に胸の動きがよく分かる。人間は呼吸しているんだなと感じさせる吸い方なのだ。

外で会ったり、温泉に泊まりがけで出かけたりしたこともあったが、栄太郎が五月の部屋にごろりとやってくることが大半だった。

一度ゴキブリが出たことがある。栄太郎は悲鳴を上げた。スリッパで叩き潰したのは五月だった。

「これで外国に連れてってもらえるかな」五月は甘えたような声で言った。

「時間を作って、一緒に行こう」

すんなりと言われたものだから、却《かえ》って信用できなかった。この男の私生活がどうなってるのか、ちょっと気になった。

ある時、敦子が急に訪ねてきて、栄太郎と鉢合わせしたことがある。

敦子は放送局の受付をやっていた時に知り合った同じ歳の女で、今はＩＴ関係の会社の正社員である。五月とは性格がまるで違い、セレブな男の間を、可愛い熱帯魚のような振りをして泳ぎ回っている。一度合コンに誘われて付き合ったが、高級なスーツに白いシャツの襟を立て、フェラーリや高級リゾートの話をしている男たちに、五月は馴染めなかった。

そんな男たちと付き合っている敦子の気がしれないと思うのだが、さばさばしているところがあり、五月が他の社員に嫌味を言われたりすると、五月の代わりにやり合ってくれるようないいところがあった。

栄太郎と鉢合わせした翌日、敦子から電話がかかってきた。

「びっくりしたあ。五月にあんな愛人がいるなんて」

「愛人じゃないよ」

「じゃ恋人？」

「恋人っていうのもピンとこないな」

「何、それ。〝とりあえずの恋人〟だけは嫌だって言ってたくせに」

「そうなんだけど」

「まあ、言い方なんか何でもいいけど、驚いた。私にぐらい話してくれてもよかったのに。いつも私の話を聞いて愉しんでるのに」

「敦子は何も訊かなくても自分でしゃべるじゃん」

「まあね。だけど、暇つぶしぐらいにはなってるでしょう」敦子は一呼吸おいた。「ああいう男が五月の好みかあ」

「どう思った？　本当のこと言っていいよ」

「いい人だと思うよ。でもさ、インテリでしょう」

「うん」

「インテリは面倒だよ。妻子ありのインテリって余計に厄介かも」

「どうしてよ」

「いつか最後が来るわよね」

「…………」

「結婚したいの？　彼と」

「考えたこともないな」

「ないよ。岩佐さんと暮らすなんて想像できないもん」

「ホント？」

「じゃ、別れがいつか来る」

「だろうね」

「そん時、金で決着をつけそうもない感じの男ね。あんたの人の好《よ》さに甘えて、理屈ばかり言って、ちゃっかり逃げそうな感じ」

「すごい恋をしたなんて思ってないし、彼、敦子の付き合うフェラーリ男みたいじゃないし」

「甘いなあ。でもまあ、五月の気持ちが一番だから、それ以上余計なことは言わないけどさ。それにしても痩せてるね」

「そう。棒きれみたいな男よ。私、本当はお尻のでっかい男が趣味なんだけど、こればっかりはね」

敦子が小馬鹿にしたように笑った。「声が喜んでるね。つまんないこと、私、言っちゃったみたい」

敦子に何を言われても平気だった。ただ自分の気持ちが定まっていないことの方が気になった。敦子みたいにメリハリをつけないといけないのだろうけれど、そのきっかけが摑めずに時が流れていった。

「岩佐さん、運動する気ないの？　ますます最近痩せたみたいよ」

「体重、前と変わらないよ。ただね、意外に内臓脂肪がついてるんだって」

「そうよ。あんなに酒飲んで、食べるだけ食べて、運動しないんだもん。一緒にジムにでも通おうか。私、最近、太っちゃったし」

「ちょうどいい体型だって思うけど」

「運動する気、全然ないんだね」

「面倒くさい」栄太郎がにっと笑った。

「子供の頃から、勉強ばっかりしてて、体育は全然駄目だったんでしょう？」

「そんなことはないよ。水泳が一番得意だったよ」

「信じられない」

「五月は運動得意だった？」

「高校の時は走り幅跳びの選手だった」

「運動神経がいいんだね」栄太郎の指が、五月の腰の辺りに触れてきた。「そんなに太った感じしないけど」

「岩佐さんは痩せてるから、ふくよかな女が好みなんだろうけど、岩佐さんに合わせてたら、世の中の男に振り向かれなくなっちゃうよ」

「そうか。それはまずいな」栄太郎は、相変わらず五月の腰に指を這わせていた。

その指を、五月は邪険な手つきではね除《の》けた。「私に他の男ができても、岩佐さん、気にしないんだ」

「気にするよ、もちろん」

「気になんかしてないくせに」

栄太郎が五月を抱き寄せた。「他に男なんか作っちゃ駄目だぞ」

言い方が優しすぎる。乾きすぎている。もっと湿った言葉で言ってほしい。五月はむかっ腹が立った。この男とずるずるこういう生活をしていてはいけない。五月はそんな気持ちになった。

だが、安寧を崩すのが怖くて、だらだらと同じ関係が続いていった。一緒にいるとふわりとして気分がいい。将来のことなど考えるからいけないのだ、と自分を戒めたこともある。

今年の三月半ば、東京に雪が舞った。休日の午後から栄太郎がやってきた。

五月は風邪を引いていた。

栄太郎はひとりでマーケットに行き、食料品と風邪薬を買ってきて、クリーニングに出した洗濯物まで取ってきてくれた。五月のために無理にそうしているようには見えなかった。

夕食は栄太郎が用意してくれた寄せ鍋だった。

五月は鼻水を垂らしながら、寄せ鍋をつついた。湯気で窓ガラスが曇った。

食事が終わった後、栄太郎がテレビをつけた。リモコンのボタンを押していた栄太郎の指が、自然をテーマにしたドキュメンタリー番組で止まった。

五月はうとうとしながら観ていた。栄太郎は床に胡座をかいて焼酎を飲んでいる。

画面には果実に群がっているハチが映っていた。イチジクと共生しているハチの話だった。雌バチはイチジクの中に潜り込み、そこでイチジクを受粉させ卵を産む。幼虫から蛹《さなぎ》を経て羽化した雄バチは、雌バチのいる花を食い破り、雌バチと交尾する。そして、雌バチが外に出られるように穴を開ける。花粉を躰中に付着させた雌バチは、雄バチの作ってくれた穴から外に出、新たなイチジクを探して飛び立つ。雄バチはどうなるかというと、一生、外には出られず、雌バチが飛び立てるための穴を開けたら、そこで死ぬ。

自然界の営みだから、哀れも残酷もないのだろうけれど、五月の感情が動いた。

「何となく可哀そうだね」五月が咳をしながらぽつりと言った。

「うん」そっけない返事が返ってきた。

「ミノムシもね、雄は交尾を終えたら死ぬし、雌の方も、幼虫が孵化《ふか》するかしないかの時期だったかな、死んでしまうって聞いたよ」

「すっきりしてていいね」栄太郎がグラスを空けた。

「え？」

「〝自然は完全だ〟って言ったアメリカの哲学者がいたけど、自然がとても分かりやすいことは間違いないな」

「分かりやすい？」

「だって……」栄太郎はそこまで言って黙った。

「だって、何？」

栄太郎が五月の方に目を向けた。「何でもない。ハチもミノムシも風邪を引かないのかな」

「引かないでしょうよ。風邪引いてる暇なんかないじゃん」

「そうだね。風邪を引いてる暇なんかないよな」

栄太郎はベッドの脇に躰を寄せ、五月の髪を優しく撫《な》でた。

「さて、僕は行くかな」

「帰るの？」

「躰が辛い時はひとりの方がいいだろう」

五月は天井に目を向け、黙った。気持ちが揺らいでいる。

「いていいんだったらいるよ」

もっと激しい言葉が聞きたい。

「いいよ。帰って。風邪、うつるかもしれないし」

栄太郎は押し入れを開け、そこからパジャマを取りだした。そして、にっと笑ってベッドに潜り込んできた。

熱のせいで躰が火照っていた。その躰に栄太郎の指が触れてきた。寒気がしていたが、求めに応じたい気分だった。

「風邪うつるよ、マジで」

栄太郎はそれには答えずに、汗ばんだ乳房に舌を這わせた。

翌日、風邪はだいぶよくなった。それを見届けるようにして、栄太郎は帰っていった。

平穏な関係と言えば言えるだろうが、何かが足りない。ないものねだりなのかもしれないが、栄太郎との関係は、次第に空気の抜けたゴムボールのようになってきた気がする。激しい恋をしたというのではないのだから、初めから弾むボールみたいな関係ではなかった。それでも、かつて感じていた〝確かさ〟が曖昧になっている。

ともかく、一度、この関係を断ち切ってみるべきだろう。

栄太郎がいなくなると、その思いがさらに強くなった。

もう少し早く、敦子と別れるつもりだったが、彼女のおしゃべりに付き合っているうちに、どんどん時間が経っていた。ふんぎりをつけるのだ、と自分で決めておきながら、五月の中にも腰を上げたくない気持ちが起こっていた。

マンションに戻ったのは、約束の時間の十分ほど前だった。

部屋はひんやりとしていた。ベッドの上に放りっぱなしになっていた手鏡で自分の顔を見た。目の隈《くま》が濃くなった気がした。

チャイムが鳴った。

「僕だよ」

五月はエントランスのドアを開けた。

ややあって、エレベーターが停まる音がした。

棒のような男は、眠そうな顔をして部屋に入ってきた。

ポケットからビニール袋を取りだした。

「それ、何？」

「クルミ」

「季節外れね」

「うん。二、三日前に、学生がくれたんだけど、どこで買ったって言ってたかな……。忘れちゃった」

テーブルの上に殻付きのクルミが転がった。

「クルミ割りが必要じゃないの」

「金槌で割ればいい。金槌ぐらいあるだろう？」

「キッチンの棚の下に道具入れが入ってる」

栄太郎は棚の扉を引いた。「立派な工具が揃ってるんだね」

「うん」

「昔の彼が置いていったのか」

何のエモーションもない言い方に、五月は腹が立った。

「そうだよ」五月は嘘をついた。

秋田に住んでいる母が昔、お年玉付き年賀葉書の抽選で二等が当たった。ひとり暮らしには工具が必要だろう、とお米やミカンと一緒に送ってよこしたのだった。だが、金槌とドライバーとペンチ以外は使ったことがない。

「何、飲む？」

「日本茶がいいなあ」

五月は目を丸くした。「熱い日本茶にクルミ？」

「変か？」

邪気のない顔でそう訊かれると、五月はそれ以上何も言えなかった。

お湯が沸く間に、栄太郎が金槌でクルミを割り始めた。強く割ると、実がテーブルの周りに飛び散った。

「強すぎたな。皿をくれないか」

五月は言われた通りにした。

今度は優しく叩いた。なかなかうまい具合には割れない。そうやって栄太郎は無心にクルミを割っている。

五月は、金槌を振り下ろしている栄太郎をじっと見つめた。胸がしめつけられる思いがした。

ケトルが鳴っている。だが、すぐには腰を上げられなかった。

栄太郎が金槌を握ったまま五月を見た。五月は彼から目をそらし、キッチンに向かった。

お茶を淹《い》れた。栄太郎が満足げな顔で、クルミを皿の上に載せてゆく。粉々になった実もあれば、殻の中に、硬くてシワシワの実がうまく収まっているものもあった。

栄太郎が殻の中に収まっていたシワシワの実を取りだし、五月に渡した。

食べてみたが、甘くも香ばしくもない。

「どう？」栄太郎が訊いた。

「野性味を感じるね」

「リスになった気分か」

五月は曖昧に笑って、口に残った実の欠片《かけら》を飲み込んだ。

栄太郎はお茶をすすり、クルミを齧《かじ》っている。五月も真似るように湯飲みを手に取った。

目が合うと、栄太郎が微笑んだ。五月は視線をそらした。

「だいぶ飲んだのか」栄太郎が訊いた。

「ワインをちょっとだけ。岩佐さんは今日もかなり飲んでるね」

「ビールを大ジョッキで二杯とカルバドスを四杯」

「変な組み合わせ」

栄太郎が、躰を斜めにして飾り棚の方に細い腕をのばした。灰皿をテーブルの上に置くと煙草に火をつけた。

「お袋が死んでね」

栄太郎が言った。あまりにも淡々とした口調に五月は驚いた。

「いつ？」

「一週間前。入退院を繰り返してたけど、ついに……」

「ずっと前から躰、悪かったの」

「そう。肺ガンだったんだ」

父親は、彼が子供の頃に死んだと聞いていたが、母親が病気だとは言わなかった。

「いくつで？」

「七十二」

「女の人にしては早いね」

「お袋はもっと長生きしたかったみたいだけど、ちょうどいい頃合いに僕には思えるな」

五月の両親も祖父母も健在である。身内が死んだことのない五月は、身内の死に実感が持てなかった。しかし、栄太郎の口調からは、母親への愛情は感じ取れなかった。自分の前だから、そんな話し方をしているだけかもしれないけれど。

母親の死に直面し、通夜やら葬式やらで疲れているに違いない。今夜こそは別れ話を、という思いの出鼻を挫《くじ》かれた感がある。

栄太郎はクルミを食べては、お茶を飲んだ。五月はお茶だけにした。まるで、老夫婦みたいだと思うと、心に影が射した。

「やっぱり、五月といると落ち着く」栄太郎がつぶやくように言った。「五月は出身が雪国だから、子供の頃、カマクラで遊んだことあるんだろう？」

「あるけど、それがどうしたの？」

「うん。この部屋にいると、カマクラの中にいるみたいな気分がする」

五月は躰をよじらせて、窓の方に目を向けた。「外は雨よ」

「この間、ここにいた時、雪が降ってたよね。その時、そんなことを思ったんだ」

「雨になれば雪は溶けちゃう。カマクラも消えちゃう」

「なるほど」栄太郎の声に力はなかった。

五月は栄太郎に背中を向けたままでいる。

「季節外れでもクルミは食べられるかもしれないけど、季節外れのカマクラはないよな。話があるんだろう？」

「…………」

「好きな男でも出来たのか」

五月はきっとなって栄太郎を睨《にら》んだ。

「いつかは、五月に好きな男が出来るって思ってたよ」

五月は酒の勢いを借りたくなったが、我慢した。

「私に男が出来るまで、付き合ってくれてたの」

「そうじゃないよ」栄太郎が煙草に火をつけた。

煙が思い切り吸い込まれ、ゆっくりと吐きだされた。胸がゆっくりと動いた。人間なんだあ。五月はまた当たり前のことを考えた。

「僕は、五月とずっと一緒にいたいよ」

「好きな時にここに来て、好きな時に家に戻る。いいご身分よね」

栄太郎が頭をかいた。「そうだよな。僕はいい身分だよな」

「岩佐さんはいつもクールね」

「男が出来たって本当か？」

五月は目を伏せ、首を横に振った。

「深刻だな」

「え？」

「だって、そういう嘘をつくって深刻だって思うんだ」栄太郎が煙草を消し、五月を真っ直ぐに見た。「どうしてほしいんだい」

「私に訊く前に、自分がどうしたいのか言いなさいよ」語気が荒くなっている。

「先のことは考えてない」

動揺する様子も見せず、栄太郎はそう言った。

生々しい質問が脳裏を駆けめぐった。栄太郎の生活のほとんどを五月は知らない。素直に訊きたいことを訊けばいいのだろうけれど、なぜかそうはできなかった。自分自身も腰が引けている。イヤだ。イヤだ。五月はクルミに手をのばした。大きな実を選んで思い切り齧った。クルミが口の中で割れ、欠片が舌にざらざらしている。

「僕もいろいろ考えてる」栄太郎が言った。

「先のことは考えてないんじゃないの」

「そうだよ。だけどいろいろ考えてる」

「煮え切らないね」

「お互いに」栄太郎がにやりとした。

栄太郎にぐいと首根っこを摑まえられ、有無を言わさず、ねじ伏せられたいのだろうか。それもある。だが、そんな思いから、はみ出している自分をも五月は感じるのだった。

「しばらく会わない方がいいと思う」五月がきっぱりと言った。

「そうだな」栄太郎の態度は鷹揚だ。「しばらく経ったら僕から連絡するよ」

「私からしちゃいけないの」

「してもいいよ。お互い、自分の中の〝いろいろ〟を整理できたら相手に連絡することにするか」

栄太郎はまだ割ってないクルミを手に取り、金槌を振り下ろした。そして、実を口の中に放ると、腰を上げた。

「じゃ、僕は帰る」

五月は黙ってうなずき立ち上がった。

ドアが閉まる冷たい音が廊下に響いた。

なぜ、マンションのドアは金属製なの？　防火のため？　五月は、ドアを前にしばし立ちつくしていた。掃除機のような音を立てて、エレベーターが上ってきた。下りてゆく音はなぜか聞こえなかった。


一週間ほど経ってから、聡美さんから携帯に電話がかかってきた。五月は会社から戻って、シャワーを浴びようかと思っていたところだった。

「突然、お電話したのはね」聡美さんが静かに言った。「岩佐さんのことなんだけど」

「何でしょうか」

「岩佐さん、亡くなったそうよ」

「…………」

五月は反応できなかった。動揺もなければ、悲しみも湧いてこなかった。

「聞いてる？」聡美さんが囁《ささや》くような声で言った。

「亡くなったって言われても……」

「誰かが直接、あなたに会って話すことなのかもしれないけど、坂上さんに頼まれて、お電話してるの」

膝が震え始めた。それがじわじわと上に押し上げられてきて、呼吸が激しくなった。

「五月さん……」

五月は言葉が出てこない。涙がこみ上げてきて、どうしようもなかった。どれぐらい言葉を発さなかったのかは自分でも分からない。ラブチェアーの隅に置いてあったクマの縫いぐるみを手に取った。心臓が羽根を生やして飛んでいってしまいそうだ。クマの顔を胸に強く押しつけた。

「事故ですか?」やっと言葉になった。

「クモ膜下出血。坂上さんの話じゃ、大学で倒れたらしいわ」

「らしいって、はっきりしてないんですか?」

「個人情報保護法とかのせいでね、ご家族にも簡単には教えないことになってるんですって。でも、確かだって坂上さんは言ってたわ。すぐに救急車を呼んだんだけど、手遅れだったそうよ」

「お葬式はいつですか?」

「昨日だったみたい」

坂上さんが、葬式が終わった後に聡美さんに話したのは、五月のことが頭にあったからだろう。

「私も何て言ったらいいか」聡美さんが言葉を噛みしめるように言った。「落ち着いたら、一度、坂上さん、あなたに会いたいって言ってました」

「知らせてくださって、ありがとうございます」

「私でお役に立つことがあったら、遠慮しないで言ってくださいね」

「はい」

「また電話してもいいかしら？」

「もちろんです。私も落ち着いたらお店に顔を出します」

「そうして」

聡美さんに改めて礼を言い、電話を切った。手の筋力がなくなったように、握っていた携帯がゆっくりと膝に落ちた。五月はクマを抱きしめて号泣した。

次の日、会社を休んだ。ぼんやりと一日中家にいた。

一目惚れのような激しい想いで始まった付き合いではなかった。発展的な話が出たわけでもない。枯れ木のような男は、ただごろりと自分の中に巣くっていただけだ。

これで、本当に何もかもが終わった。五月は自分に何度もそう言い聞かせた。

心細くなると、クマの縫いぐるみを胸に押し当てた。クマを窒息させてしまうぐらいの力で。

窓を開けた。すでに外は夜色に染まっていた。

五月は掃除を始めた。隅々まで綺麗にしたかった。

ゴミ箱の横にクルミが見つかった。弾け飛んだものがまだ残っていたのだ。

半分殻がついているものを拾い上げた。途端に、五月は足許から崩れた。掃除機が吸引を続けている。

殻の中のシワシワの実が、脳を連想させた。栄太郎が金槌でクルミの殻を割っていた時の音が鼓膜に甦《よみがえ》った。〝いろいろ〟考えるはずだった頭の中が、一瞬にしてぐじゃぐじゃになったのか。

胸につかえていたものが、一気に爆発して、五月は、革靴が鳴るような声でまた泣きだした。

数日の時が流れた。崩れかける心を、仕事が何とか保《も》たせてくれていた。しかし、よく眠れなくなった。

敦子に話すと、三日ほどして封筒が届いた。中身は薬だった。軽い精神安定剤と短期用の睡眠薬が入っていた。敦子が常用しているものを分けてくれたのだ。全力疾走しているように見える敦子が、こういう薬を飲んでいる。分からないことはない、と思った。

新たな不安が襲ってきたのは、睡眠薬で眠れるようになって六日経ってからのことだ。もうとっくにやってこなければならない月のものが止まっている。市販の検査薬を使わずに、病院で調べてもらうことにした。精神的ショックが原因だろうと思ったが違っていた。

妊娠と聞かされた五月の顔に笑みはなかった。

その夜、聡美さんのバーに行った。一切、栄太郎の話は出なかった。

ワインを飲みながら、栄太郎との子供のことを考えていた。

堕ろすようなことは絶対にしたくない。堕ろすという行為は罪だと思った。しかし、産むとなったら覚悟することがたくさんある。

「坂上さんと会いました?」聡美さんがワインを注ぎながら訊いた。

「まだ連絡してないんです」

「今は南米に行ってるわ。今度は鳥のドキュメンタリーを作るんですって」

胸があわ立った。

栄太郎とハチのドキュメンタリーを観た時のことを突然思いだしたのだ。交尾をしてからすぐに死んでゆく雄バチに栄太郎は反応し、自然は分かりやすいと言った。何か言いかけたが最後までは言わなかった。何が言いたかったのだろうか。

「彼、自分の病気を知ってたのかなあ」五月は聡美さんを見て言った。

聡美さんがゆっくりと首を横に振った。「全然、そんな兆候すらなかったって坂上さんが言ってたわ」

ハチの番組を観ていた時、予感がしたのかもしれない。子供が宿ったとしたら、あの夜に決まっている。

「聡美さん、ちょっと」五月は聡美さんの方に顔を寄せた。「私のお腹に、岩佐さんの子供がいます」

「ああ、そう」聡美さんはしみじみとした声でうなずいた。

「産むつもりです」五月は口に出してみた。堕ろさないのなら産むしかない。聡美さんに告げたことで覚悟が決まった。

五月は聡美さんのバーを出た。ぶらぶらと栄太郎と行った公園に向かった。

初めてキスをしたブランコに腰を下ろし、「岩佐さん、産むよ」と空に向かって言った。

陰と化した高層ビルのてっぺんで赤い光が点滅していた。その周りの空は街の明かりを受け深い紫色に染まっている。中空には月も星も見えず、ぼわっと暗青色が広がっていた。

しばらく空を見上げていた五月だったが、深呼吸してブランコを離れた。

大きなケヤキの向こうに鉄棒があった。栄太郎と来た時にはなぜか気づかなかった。

ゆっくりと鉄棒に近づいた。鉄棒の冷たさが掌《てのひら》にじんわりと伝わってきた。棒のような栄太郎の腕を思いだした。

五月はハイヒールを脱いだ。逆上がりをやりたい。スカートを穿《は》いていることなど気にならなかった。一度目はうまくいかなかった。

勝手に子供を孕《はら》ませて、天に昇っちゃって。ハチやミノムシの雄じゃないんだよ。

五月は思い切り蹴り上がった。躰をくるりと回した。

もう一度、蹴り上がる。スカートがあられもない姿でめくれ上がった。逆さになった暗青色の空が五月の上に落ちてくる。大通りを行き交う車の音が一塊の柔らかい騒音となって耳に流れ込んできた。

今の会社、派遣社員が妊娠するとクビなんだよ。どうしてくれるのよ。変な奴の子だから、エイリアンの子供みたいなのが生まれるかも。途中で育児放棄したくなるかもしれないよ。

五月は何度も逆上がりを繰り返した。栄太郎のいる天に向かって、何度も何度も。

力尽きて、鉄棒に寄りかかった。息が切れ、耳鳴りがした。

五月は目を閉じ、顔を上げた。耳鳴りが、暗い空の彼方から降ってくる、無数の星の音に聞こえた。

小さくて不思議な空

糸を垂らしたような雨が二日続いた翌日、からっとした晴天が戻ってきた。気温は昼前にすでに三十度を超え、蒸し暑かった。その日は日曜日で仕事は休みだった。

沙保里《さおり》は、カナダ出身の女性ピアニストの演奏を聴きに出かけた。本当は夜の部のチケットを取りたかったのだが空席がなかった。

コンサートは素晴らしかった。最後の曲はリストの『愛の夢　第3番』だった。沙保里がことのほか好きな曲である。

高揚感に包まれて、沙保里はコンサート会場を後にした。目の動きが見えないほど濃いサングラスをかけ、黒いパラソルで頰に張り付くような強い陽の光を避け、俯《うつむ》き加減で地下鉄の駅に向かった。

白い光の撥《は》ねる歩道に、沙保里の歩く影が映っている。

前方から人が歩いてきた。大きな革靴が道を急いでいる。このままではぶつかりそうだ。沙保里は慌てて躰《からだ》を右にそらした。瞬間、自転車の前輪が迫ってきた。

「あ！」

ブレーキの音に沙保里の短い悲鳴が重なった。沙保里は地面に思い切り肘をぶつけ、転倒した。

「大丈夫ですか？」男の声がした。

抱き起こされた沙保里は、尻餅をついた恰好で上を向いた。青い空が目に飛び込んできた。沙保里は顔をそらせた。サングラスはぶつかった衝撃でどこかに飛んでしまったようだ。側頭部を押さえた。鈍い痛みを感じたのだ。

「病院に行きましょう」同じ男の声だった。

沙保里は男の顔を見た。髪を短く刈り上げた体格のいい青年だった。

男の足許にサングラスが転がっていた。沙保里が拾おうとすると青年が気づいた。

「ちょっとそのままでいてください。自転車、停めてきますから」

沙保里にサングラスを渡すと、青年はマウンテンバイクを地下鉄の入口の方に引っ張っていった。

ほどなく戻ってきた青年の手に、窄《すぼ》められたパラソルが握られていた。

沙保里は頭を押さえたまま青年に言った。「大したことないと思います。病院には……」

「頭、打ったみたいですね。検査をしてもらわないと」青年は真剣な声で言い、沙保里を抱き起こした。

沙保里は素直に従うことにした。

タクシーを拾い、青年は有名な救急病院の名前を運転手に告げた。病院に着くと、沙保里を待合室のソファーに座らせ、受付に飛んで行った。

何もかもが迅速だった。

診察と検査を終えるまでにだいぶ時間がかかった。しかし、重大な異状は何ひとつ発見されなかった。

青年は、大きく股を開き、そこに両肘を乗せて、肩を落としていた。

沙保里は彼の前に立った。青年は目を上げると同時に、弾かれたように立ち上がった。

「どうでした？」

「打撲だけ。他には何もありません」

「よかった」青年は太くて柔らかい声で言った。「僕は佐久間、佐久間誠《まこと》と言います」

「館林《たてばやし》沙保里です」

佐久間誠は安堵の溜め息をついて、照れ臭そうに微笑んだ。「大したことなくて本当によかった」

「私が悪いんです。前をよく注意してなかったんですから」

「お送りしましょうか？」

沙保里は首を横に振った。

「ちょっと待っててください」

佐久間は、パラソルを沙保里に渡すと、受付に向かった。ペンと紙を借りて、何か書き始めた。戻ってくるとメモを沙保里に差しだした。

「何かあったら、いつでもここに連絡ください」

メモには名前の他に住所と携帯の番号が書かれていた。

「本当にひとりで大丈夫ですか」

「ええ」

先程まではイニシアチブを取っていた佐久間だが、沙保里に異状がないと分かった途端、あっさりとした態度に変わった。これ以上、しつこくするのは失礼だと思ったのかもしれない。

「それじゃ、僕はこれで」

小さく頭を下げて病院の玄関に向かう佐久間の後ろ姿に目を向けた。

午後五時を過ぎているのに、陽の光はいまだ衰えを見せず、病院の入口の向こうには光が白く撥ねている。

沙保里はサングラスをかけた。そして、佐久間の後を追った。

「あのう」

佐久間が振り返った。

「よかったら、さっきの地下鉄の駅まで送ってください」

「いいですよ。どうせ自転車を取りに行きますから」

沙保里は再び、佐久間とタクシーに乗った。

「いつも自転車なんですか？」

「休みの日は運動もかねて、自転車で移動することが多いんです。それに車は持ってないし」

佐久間は、くっきりとした二重瞼に守られた涼しげな目をしていた。ランニングシャツと短パンで自転車を漕いでいるからだろう、よく陽に焼けている。

「どちらかに行かれるところだったんですか？」佐久間が訊いてきた。

「コンサートを聴きに行った帰りでした」

「誰のコンサートだったんです？」佐久間の涼しげな目に興味の色が浮かんだ。

「佐久間さん、クラシック好きですか？」

「嫌いじゃないけど、たまにしか聴きませんね」

「じゃ、お話ししてもつまらないと思うけど、カナダから大好きなピアニストが来日してるんです。それを聴きに」

「ピアノか」佐久間が懐かしそうな顔をした。

「佐久間さん、習ったことあるんですか？」

「いえ。小学校の時に好きだった女の子がとてもピアノが上手でね。でも、僕は全然相手にされませんでしたけど」佐久間の日向《ひなた》くさい顔が微笑んだ。

笑みを返しながら、沙保里は打撲した側頭部に手を当てた。

佐久間の視線を感じた。

「タンコブになりそうですか？」

「多分。でも、大したことはないってお医者さんは言ってました。もう気にしないでください。さっきも言いましたけど、私が不注意だったんです」

「考え事してたみたいに見えたなあ」

沙保里は曖昧《あいまい》に微笑んで口を開かない。

事故のあった場所に近づいた。

沙保里はバッグから、名刺を取りだし、佐久間に渡した。

名刺を見て、佐久間は驚いたようだった。

名刺には『クラブ・T　舘林沙保里』と印刷されていた。住所は銀座七丁目。

「ホステスさんなんですか？」

沙保里の口許から笑みがこぼれた。「違います」

「違うっていうと……」

佐久間は軽く首を傾《かし》げたまま、しばし動かなかった。大きな犬が考え込んでいるみたいに見えた。

「クラブの受付というかクローク係をしています。半年ほど前に友だちに頼まれて始めたんです。

佐久間さん、銀座のクラブには」

「まったく縁がないな。一度誰かに連れて行かれたことがあったような気はするけど」

佐久間が何をやっているのか訊こうとした瞬間、窓の方に目をやった彼が「ああ」と大声を出した。

「どうしたんです？」

「ない。自転車がなくなってる」

タクシーが地下鉄の駅の横に停車した。運転手に金を渡した佐久間は、そのまま深々とシートに躰を倒した。「お釣りです。領収書は？」という運転手の声でやっと躰を起こした。

沙保里は、佐久間がどの辺に自転車を停めておいたのかは見ていなかった。

佐久間は、駅の入口近くのガードレールの前に立った。

「ここに鍵をかけて停めておいたんです」佐久間は沈んだ声でつぶやいた。

「ごめんなさい。私のせいで」

佐久間はがらりと表情を変えた。「あなたのせいじゃない。交番に行って訊いてみます。それじゃ」佐久間は、軽く沙保里に手を上げ、歩道橋を駆け上がっていった。

小さくなってゆく彼の姿を、沙保里は見た。その向こうにも青い空があった。


沙保里は両親と同居している。父は小さな食品会社の役員である。一昨年、商社を定年退職し、今はそこに勤めているのだ。母は専業主婦。沙保里には三つ歳上の姉がいるが、彼女はパリで暮らしている。

帰ると母が夕食の支度をしていた。沙保里は着替えてから、母を手伝おうと、台所に入った。パスタを茹でていた母は、肘に包帯が巻かれていることに気づかない。

その夜のメニューはタラスパとカボチャのスープらしい。

沙保里は何があったかを母に教えた。

パスタの茹で加減を見ていた母が包帯に気づいた。眉間にシワが寄った。

「怪我はそれだけですんだの？」

「頭も打ったけど、心配いらないって」

母が打撲した側頭部を触った。

「痛いよ」

「コブになってるから大丈夫ね。でも、あんた、本当に気をつけないと」

「そんなことより、パスタ、茹ですぎちゃうよ」

母はパスタロボの前に戻った。

「それぐらいのことですんで幸いだった。それに、この間みたいに人様に迷惑をかけなくてよかった」

「もうあの話はやめて」沙保里の声がきつくなった。

「そうは言うけど……」

「実はね、ママ、今日も迷惑かけちゃったの」

「え？」

母の心配げな表情を和らげたくて、沙保里は軽く笑った。そして、自転車が消えてしまった話をした。

母が胸を撫《な》で下ろしたようだった。「私、また誰かを巻き込んで怪我させちゃったかと思ったわよ」

「でも、悪いことしちゃった。高そうな自転車だったし」

ゴルフに出かけた父は遅いという。沙保里は夕食の時も、小さな事故、いや沙保里にとっては小さな事件について母に語って聞かせた。

「もう分かった。ともかく気をつけてよ」

母のその一言で、胸に湧き立つものがしゅんとなって、心の奥に隠れてしまった。

自分の部屋に戻ると窓を開けた。湿った夜気が部屋に流れ込んできた。隣の家の庭に咲くサルスベリの緋色《ひいろ》が薄闇にぼんやりと浮かんでいる。

沙保里は佐久間からもらったメモと携帯を手に取った。

「もしもし、先程お会いした館林です」

「ああ」佐久間の声は相変わらず柔らかい。「怪我の方、いかがですか？」

「タンコブが少し大きくなったみたいですが、それより、自転車は見つかりました？」

「盗まれたみたいです」

「…………」

「館林さん、もう忘れてください。僕もあなたに怪我をさせたこと忘れますから」

「はい」沙保里は暗い空を見ながら答えた。

「明日、仕事ですよね」

「ええ」

終わる時刻を訊かれた。きっかり零時に店を出ることができる。ホステスさんのように残業を強制されることはない。

「終わったら、どこかで一杯やりませんか」

沙保里の胸が躍った。

夜なら心おきなくデートができる。沙保里は昼間の明るさが苦手なのだ。もっと正確に言うと青空が怖いのである。

沙保里が勤めていた肌着メーカーを辞めて、パリで暮らすようになったのは二年前、三十一歳になる年のことだった。

会社に不満があったわけではない。給料も悪くなかったし、人間関係で大きな躓《つまず》きがあったわけでもない。

三つ上の先輩に恋心を抱いたことがあったが、何も起こらなかった。沙保里は積極的に自分から接近することができるような性格ではない。バレンタインデーの日に、義理チョコを渡すような振りをして、チョコレートをプレゼントするのが精一杯のアピールだった。

彼はいつも沙保里に優しかったが、彼女より四つ下の後輩と結婚した。

そのニュースを耳にしたとき、沙保里はショックだった。だが、深い傷を負うことはなかった。後輩との関係には何となく気づいていたし、自分が傷つかないように端《はな》っから腰を引いていたのだからしかたのないことだと諦められた。

会社を辞めてパリで暮らすきっかけを作ってくれたのは姉の悠子《ゆうこ》だった。悠子はフランス系の銀行に勤めていたが、あるフランス人実業家に引き抜かれ、パリにある日本料理店の経営を任された。それを足がかりにして四年前、三十二歳にして独立し、向こうで日本風の居酒屋とワインバーのオーナーとなった。

姉は、沙保里とは比べものにならないほど子供の頃から活発で、成績もよく、何をやらせても沙保里より上だった。

姉を見る父の目には、愛情と自慢が迸《ほとばし》っていた。

周りの男の子にも大変な人気だった。

「お前の姉貴、綺麗だな。やっぱ、俺、歳上がいいな」

同級生の男の子に、しょっちゅうそんなことを言われた。

「あんた偏差値いくつ？」沙保里は、姉に憧れる男の子に必ず訊いた。

「五十」

「じゃ、駄目ね。お姉ちゃん、六十五以上の人としか付き合わないから」

そんな冗談を言って煙に巻いたが、胸の底には、常に一抹の寂しさがたゆたっていた。

嫉妬心に着火してもおかしくなかった。だが、沙保里には、姉と勝負しようという気概はなかった。それどころか姉を頼っていた。恋にしろ就職にしろ、唯一の相談相手は悠子だった。

三十二歳という若さで、パリで事業に成功した姉は、マスコミで取り上げられるようになった。美容院でぱらぱらと女性誌を捲《めく》っていると、姉の自信に満ちた笑顔に頻繁に出会った。

「この人、館林さんのお姉さんですよね」

「そうよ」

「すごいなあ。綺麗で才能があって」

無邪気にそんなことを言う若い美容師もいた。

無神経な美容師は成功しないよ。

ドライヤーをせっせと動かしている美容師を暗い目で睨《にら》んだが、言葉にはしなかった。

姉の写真にも写りのいいものと悪いものがあった。あまりにも綺麗に写りすぎている写真を目にすると、これってデタッチかも、とちょっと意地悪い気持ちにもなった。

しかし、不思議なことに、姉のことが話題にならないと、沙保里は自ら姉を自慢した。

沙保里の日常はさらさらと流れていた。気の合う同僚と食事をしたり、好きな音楽を聴きに行ったり、買い物に出かけたりしているだけで不満はなかった。アクセサリーや雑貨を扱う店が持てたら、と思うこともあったが、そのために何かしたことはない。

男っ気もほとんどなかった。恋愛力だとか情熱の恋とか、傷つくのを恐れずにとか、雑誌を読んでいると、同じようなことが飽き飽きするほど書かれているけれど、沙保里には遠い世界に思えてならなかった。

世の中には恋愛する人と、しない人がいる。それだけの話だと割り切っていた。

結婚もするつもりはなかった。というのは、ふたりしかいない子供のうち、姉が、世界に羽ばたいてしまったから、婿養子を取ってほしい、と沙保里は両親に頼まれていたのだ。父も母も、因習の強い田舎の出だったから、そういうことにすごく拘《こだわ》る人間なのだ。

そんな沙保里に接近してきた男がいた。ほだされるまま、沙保里は彼と関係を持った。優しくていい奴という思いが次第に愛情に変わっていった。沙保里の両親もすごくその男を気に入った。

しかし、沙保里は男に婿養子になってもらいたくなかった。ふたりだけの小さな巣を作りたかった。

ある時、両親が思っていることを伝えた。

「うちさ、姉さんが実業家になっちゃって好きにやってるでしょう。だからね、両親は私に婿養子を取ってほしいんだって。そういうのどう思う？　正直に言って」

「全然かまわないよ。沙保里のお父さんもお母さんも好きだし」

酒が一滴も飲めず、ハーゲンダッツの抹茶のアイスクリームが好物の男は、ふたつ返事でそう答えた。

絶対に嫌がると思っていた沙保里は愕然《がくぜん》とした。

身を焼き尽くすような恋もできないし、姉のように男と肩を並べて仕事をしているわけでもないのだから、抹茶アイスクリームの男と一緒になって、子供を産んで、小さいけれど生まれ育った家で、好きな音楽でも聴いてのんびりと暮らしてるのが身の丈に合っている。そう思うのだが、婿養子をすんなりと承知した男のことが、その一言で嫌になった。

沙保里は彼と別れた。

しばらくして、思いも寄らぬことが起こった。不承不承だが別れを受け入れたはずの抹茶アイスクリームの男がストーカーに豹変したのだ。

家にしつこく電話をかけてくるし、会社にもやってくるようになった。ぎょろっとした目でプラスチックの小さなスプーンでアイスクリームを食べている男の姿が悪夢となって沙保里の前に現れるようになった。

その辺から、沙保里の様子がおかしくなった。風邪を引いたとか頭が痛むとか言って会社を休み、部屋に引きこもるようになった。暗く沈んだ沙保里に手を差し伸べてくれたのは姉だった。

「思い切って会社を辞めてパリに来ない？」一時帰国していた姉が言った。

「パリに行っても言葉もできないし」

「すぐに覚えられるわよ。ゆくゆくは、いろいろな事業を展開したいの。やっぱり、身内がブレーンにいると私も安心なの」

「パパもママも反対すると思うよ」

「そうだろうね。でも、そんなこと気にしてたら、あんたの人生がなくなっちゃうわよ。婿養子の件、今回の男のことで、パパもママも懲りたみたいだし」

急に夢が膨らんだ。

「あんた、小物や雑貨のお店ならやってみたいって言ってたわよね。向こうから直接仕入れられるようになれば、非現実的な話じゃないわよ。私も応援するし」

自分も姉のように……。さらに夢が膨らんだ。

パリでは、姉と同居することになった。エッフェル塔が間近に見える姉のアパルトマンには客用の寝室がふたつもあった。

初めはとても愉《たの》しかった。語学学校に通いつつ、旅行者気分でパリのあちこちを見物して回った。姉の経営する店にも顔を出せたから寂しさも感じなかった。

悠子はよくホームパーティーを開いた。フランス人の男たちは社交的だから、大して言葉の通じない沙保里でも、ひとりぼっちにはさせなかった。しかし、身振り手振りを交え、時には冗談を飛ばし、招いた客たちを飽きさせない姉を見ていたら、異境の地で、外国人を相手に商売をするなんて、自分にはとてもできそうもないと思った。姉のようになりたいなんて、分不相応な野心を抱いた自分が腹立たしくなった。

甘い考えで会社を辞め、姉を頼ってパリに来たことが悔やまれたが、住んで一年も経っていないのに弱音を吐いて、日本に逃げ帰ることは絶対にしたくなかった。学校には休まずに出た。姉の経営する居酒屋を時々、手伝ったり、学校で知り合った友だちと食事をしたり、と明るく振る舞っていた。しかし、病んでいた神経は、いったんは回復したように見えたが、深く静かに悪化していたらしい。次第に家を出るのが億劫《おっくう》になり、学校も欠席することが多くなった。友だちの誘いにも応じなくなった。カーテンを閉め切って一日中ベッドでぼんやりとしていることも珍しくなくなった。

そのことを姉だけには知られたくなかった。多忙な姉に、沙保里が学校に行っているかどうか分かるはずもないし、姉に誘われた時だけは、無理をしていつでも付き合った。

姉にはフィリップという恋人がいた。旅行代理店の社長で、歳は沙保里と同じだった。目はブルーで、並びのいい歯は白く輝いていた。笑うと目尻にシワが寄るのだが、それがとてもセクシーだった。フィリップも独身だが、ふたりは結婚するつもりはないらしい。

姉は何でも手に入れている。常に胸の底にたゆたっている妬《ねた》みが頭をもたげそうになるのを感じた。

初夏に入ってすぐの日曜日、フィリップがアパルトマンにやってきた。その日、姉は商用でミラノに行っていた。

「ボンジュール」フィリップは例のセクシーな笑みを浮かべた。

「姉は……」

「知ってるよ、ミラノだろう。暇があったら、サオリの様子を見てきてくれって、ユウコに頼まれたんだ。最近、元気がないそうだね」

「そんなことないですよ」

姉は、妹の様子が変だということに気づいていたらしい。

フィリップは一瞬、間を置き、「入っていい？」と訊いた。

「どうぞ」

沙保里はフィリップを居間に通した。

「何かお飲みになります」

「僕がやるよ。サオリは座ってて」

そう言ったか言わないうちに、フィリップは居間から姿を消していた。

戻ってきたフィリップはアイスペールを小脇に抱えていた。シャンパンのボトルが頭を覗かせている。空いている手の指には、ふたつのグラスが器用に挟まれている。

「冷たいよ」甘えた声で言って、アイスペールをテーブルの上に置いた。

沙保里の性格と語学力のせいで、会話は弾まなかった。だが、フィリップはそんなことなどおかまいなしにしゃべりかけてきた。彼は犬を飼っていた。犬種を聞いて驚いた。柴犬を飼っているというのだ。名前はモザール。フランス語でモーツァルトのことをモザールと言う。

「俺のモザールは、モザールの曲を聴かせると、妙な鳴き声を出すんだよ」

「犬って音楽に合わせて鳴きますよ」

「確かに犬にはそういう習性があるけど、モザールはモザールを聴く時だけ、特別な鳴き方をするんだ」

「どんな鳴き方？」

フィリップは、床に四つん這いになり、顎を突きだし、白く輝く歯を見せて「モワァー、モワァー」と鳴いてみせた。

沙保里は腹を抱えて笑った。「嘘、何か牛みたい」

「本当の話だよ。モザールの曲は、人の心を癒すっていうデータが出てるの知ってる？」

沙保里は首を横に振った。

「僕のモザールも、モザールを聴いて安らぎを感じてるんだと思う」

久しぶりに沙保里は愉しい時をすごしていると思った。

フィリップは立ち上がった。ソファーには戻らず、沙保里の後ろに回った。

一瞬、沙保里は何が起こったのか分からなかった。フィリップは沙保里を後ろから抱きしめ、首筋に唇を這わせた。

「何するの！」沙保里は怒って、フィリップの腕を振り払おうとした。

しかし、フィリップはさらに強く沙保里を抱きしめた。

「好きだよ、サオリ」フィリップの指が胸の辺りをまさぐり始めた。

沙保里は脚をばたつかせた。シャンパングラスのひとつが倒れ、床に落ちて割れた。

髭が頬を刺激した。気持ちがいい。強張っていた筋肉がゆるみかけた。すかさず、フィリップが唇に唇を落としてきた。

沙保里は目を閉じなかった。フィリップの青い目が迫ってきた。窓の向こうには雲ひとつない青空が広がっている。

フィリップはどんどん攻めてきた。

どうしたらいいの、と首をよじらせた時、電話が鳴った。忘我の海に呑み込まれそうになった沙保里だったが、ベルの音で冷静さを取り戻した。

「出ないで」と囁《ささや》いたフィリップをありったけの力で押しやり、立ち上がった。

電話の主は姉だった。

「お姉ちゃん」沙保里は沈んだ声で言った。

「どうしたの？　何かあったの？」

「ちょっと体調が悪くて寝てたの。でも、大したことないから心配しないで」

姉は一便早い飛行機で戻ると言って電話を切った。

フィリップは顔を両手で被って黙っていた。

「帰って」

「僕の気持ちは……」

「帰って。姉には黙っててあげるから」

フィリップは肩を落として立ち上がると、居間を出て行った。

沙保里はバルコニーに出た。

抜けるような青い空を見ていたら、突然、気持ちが悪くなってきた。

青空に背を向け、居間に飛び込むと、窓を閉め、思い切りカーテンを引いた。

なぜ、フィリップの求めに応じなかったの。当たり前でしょう。相手は姉さんの恋人よ。そんなこと気にすることないじゃない。姉さんが電話をしてきたのは予感がしたからかしら。寝取っちゃえばよかったのよ。そんなひどいことできない……

沙保里は、フィリップが訪れた痕跡を消すと、残ったシャンパンをキッチンで立ち飲みしベッドに直行した。

帰ってきた姉に、この頃様子がおかしいと言われたが、笑って誤魔化し、フィリップのことは黙っていた。

あんなことがあったのに、フィリップは何事もなかったような顔をして平気で姉を訪ねてきた。沙保里に対する態度も以前のままである。

自分は馬鹿にされたのではないのかと思ったり、初めて姉に勝てたという暗い喜びを抱いたりしているうちに、さらに心の状態が悪化し、姉の前でも演技することができなくなった。

「沙保里、外に出なきゃ、本当に病気になっちゃうよ」

そう言いながら、姉がカーテンを開けた。目に青々とした空が飛び込んできた。

「怖いの」

「何が？」

沙保里はそれには答えず、窓から目をそらした。

青空が動いて自分に迫ってくる。そんなことがあるはずはないと自分に言い聞かせたが、その後も、澄み渡った空は、沙保里にゆっくりと押し迫ってくるのだった。

ついに病院に通うことになった。壁が迫ってくると訴える患者はいるが、空が迫ってくるという症例は初めてだと言われた。

医者の勧めもあって、沙保里は帰国することになった。そのようにして十一ヶ月と十日のパリ生活に終止符が打たれた。

日本でも医者に通った。姉はその間、何度も電話をくれた。フィリップと別れたと聞いた時は複雑な気分だった。

沙保里は半年ほどで、仕事ができるまでに回復したが、今でも、青い空を見るのはなぜか怖いのだ。


佐久間は中央通りの裏手にあるバーで沙保里を待っていた。クラッシュデニムにオレンジ色のシャツ姿だった。

「お腹空《す》いてない？」

「大丈夫」

佐久間は赤ワインをボトルで頼んだ。つまみにチーズを選んだ。

「タンコブ、どう？」佐久間が訊いた。

「触ってみてください」沙保里は佐久間の方に頭を突きだした。

佐久間の人差し指と中指が、コブを探し始めた。

「ここだね」

ぎゅっと押されて、沙保里は「痛い」と顔をしかめた。

「ごめん、ごめん」

「自転車のその後は？」

佐久間は口許から笑みをこぼしながら、首を横に振った。

しばし沈黙が流れた。

「私、佐久間さんのこと何も知らないんだけど、何だか昔からの友だちみたいな気がしてます」

佐久間は煙草に火をつけた。「僕は三十三歳。仕事はプレス工場の事務です」

工場の事務員。感じからは想像できない仕事だった。

「工場は親父が死んでから、弟が跡を継いで社長をやってます」

「お兄さんが事務なの？」

「そう」佐久間は軽くうなずいた。「弟は技術者としても優秀でね。社長って言ったって、彼も熟練工と一緒に機械の前に立ってるんだ。僕のやっている事務や経理は誰にでもできるけど、弟がいないとうちの工場は回らない」

「お住まいはこの近くですよね」

「そう。ワンルームマンションでひとり暮らし。お袋と弟の家族が工場の敷地内にある家に住んでる。狭いから僕の居場所はないんだ」

沙保里はくくっと笑った。「何だかお見合いしてるみたい」

佐久間が腕を組んでうーんと唸った。「いいなあ。じゃこれ、お見合いってことにしましょうか」

佐久間の口調は、真面目にも聞こえたし、冗談にも思えた。

すぐに切り返したかったが、言葉が出てこない。沙保里が何も言わないから、佐久間も困ったようで、一気にグラスを空けた。

「プレス工場って、どんなものを作ってるんですか？」

「百円ライターとか携帯用のバッテリーとかを作るというか、必要な部分をプレスするんです。シャベルの柄の部分とか、いろいろ。と言っても、すぐには呑み込めませんよね」

「ええ」

「館林さんは、クラブのクロークをやる前は何を？」

沙保里は会社勤めをした後に、姉の勧めでパリに住んだことを伝えた。

「へーえ、パリにね」

「本当はアクセサリーや雑貨を輸入する仕事をやりたかったんですけど、何もできずに帰ってきてしまいました」

「挫折したってことか」佐久間はつぶやくように言った。

姉が向こうで成功したことも教えた。

「夢を見てたんです。姉のように恰好よく生きたいって思って」

パリの話は滅多にしない。せっかく閉じた傷口が開いてしまいそうで怖いのだ。しかし、不思議なことに佐久間には大概のことは話せそうな気がした。

「僕はロンドンに住んでたことがあったんですよ」佐久間は遠くを見つめるような目をした。

「学生の時？」

「大学には一応入ったけど、授業にはほとんど出なくて、レースばかりやってたんです。小さなレースじゃ、何度か優勝したこともあったんですよ」

驚きの連続である。

「レースって車の？」

「そう」

「日本でいろいろあってね。それで、イギリスで修業しようと勇んで海を越えたまではよかったんだけど、現実はそう甘くはなかった」佐久間は沙保里を見つめた。「あなたと同じ、挫折して日本に戻ってきたんです」

「訊いていいですか？」

「何なりと」

「昨日、車は持ってないって言ってたけれど、車を持たないのは、やはり、向こうで挫折したことが……」

佐久間がからからと笑った。「関係ないです。ただお金がないから買えないだけ」

「すみません。変なこと訊いちゃって」

「そうだ。今週の土曜日、ドライブしませんか」

「でも、車が……」

「車がなくても、免許は持ってる。それに腕もいいですよ。行きましょう、どこかに」

佐久間の屈託のない笑みに、沙保里はついうなずいてしまった。

佐久間はレースをやっていた時のことや、ロンドンでの生活など、沙保里に訊かれるままにどんな話にでも愉しそうに応じてくれた。

沙保里は佐久間の作り出してくれる、たおやかな雰囲気に浸《つ》かっていると、久しぶりに躍動感が躰に漲《みなぎ》ってきて、心の空洞がなくなったかのような気になるのだった。

しかし、時折、不安が襲った。

夏の陽射しの中、ドライブしたら、空はずっと自分についてくるはずだ。青空が自分に押し迫ってくるようなことが起こったらどうしよう。サングラスを外さなければ何とかなるのだが、それでも、眼前に空が待ち受けていることには変わりない。

翌日、佐久間から携帯にメールが入ってきた。

『沙保里さん、昨晩は遅くまで付き合ってくれてありがとう。すごく愉しかったし、リラックスできました。土曜日、晴れるといいね』

最後の一言が、沙保里の心を曇らせたが、余計なことは書かずに『ご馳走様でした。私もすごく愉しかったです』とニコニコマークをつけて返信した。

土曜日がやってきた。沙保里は曇り空を願ったが、沙保里の期待は見事に裏切られ、澄み渡った夏の空が広がっていた。

この一週間、浮き浮きする気持ちと、薄墨を流したような暗い気分とが幾度となく交錯した。

沙保里はサングラスに庇《ひさし》の長いキャップを被り、家を出た。

誠は、沙保里が通勤に利用している駅前で待っていてくれた。

二人乗りのオープンカーだった。色は皮肉なことにスカイブルーである。

沙保里を見つけた誠は、彼女に向かって大きく手を振った。

助手席に乗った沙保里は「おはよう」と控え目に微笑んだ。

「海がいい？　それとも山にする？」

「涼しい方がいいなあ」沙保里は咄嗟《とっさ》に答えた。

「じゃ、軽井沢にでも行きますか」

沙保里は黙ってうなずいた。

エンジンが軽快に回る音がした。沙保里はなるべく顔を上げないようにしている。

「何か元気ないな」

「そんなことないわよ。暑くて寝苦しかったから睡眠不足だけど」

「ならいいけど」

「この車、レンタカー？」

誠が声にして笑った。「この手の車はレンタカー屋には置いてないよ。友だちのを借りてきた」

マニュアル車である。やはり、レーサーを目指したことのある男はオートマには乗りたくないのだろう。

屋根がないから、余計に空が気になった。

「あのう、悪いけど、幌閉めてくれない？」

「高速に乗る前には閉めようと思ってた。髪が乱れるし、日焼けするから、女ってオープンカーを嫌がることがあるんだよね」

誠は車を路肩に停め、ボタンを押した。幌は自動的に閉じた。

高速に乗る。まだ夏休みを迎える前ということもあるのだろう。夏のウイークエンドにしてはそれほど混んでいなかった。

「沙保里さん、車の免許は？」

「一応持ってるけど、何年も運転してないな」

ベンツが誠の車を追い越して行った。誠の目が鋭くなった。と同時に素早く追い越し車線に出る。あっと言う間に、誠の車はベンツに追いついた。ベンツが中央の車線に移動した。誠はしばらく走ってから、元の車線に戻った。するとまたベンツが追い越し車線に出て、誠の車を抜き去った。

「心配しないで。無謀な運転は絶対しないから」

「でも、あのベンツと張り合ってたみたいに見えたけど」

「同じぐらいのスピードで走ってる車と抜きつ抜かれつすることってよくあるんだ。相手の顔も知らないし、どんな奴かも分からないけど、不思議な連帯感が生まれることがある」

一台の黒いセダンが、どこからともなく現れ、猛スピードで走り去った。

「ああいう粋《いき》がって暴走する車には付き合わない。レーサーになるのを断念してから、ゆっくり走るのも車の愉しみだっていうことに気づいたんだ」

「偉いね」

「偉いか」誠が小さく笑った。

「うん。偉い、偉い」

私、恋してる。そう思った途端、沙保里は全身の皮膚が痺れたような感覚に襲われた。

「やっぱりな」誠が勝ち誇ったような声で言った。

「何が？」

「あそこ見て」

路肩に、先程ものすごいスピードで走り去った黒いセダンが停車していた。その後ろに目立たない小型のセダンが停まっている。

「覆面パトカーに捕まったんだよ。そうなるんじゃないかって予感はしてたけどね。僕も若い頃、無茶な走りしてたから、よく捕まったよ、ああやって」

「暴走族だったの？」

「そうじゃない。走り屋だっただけ。軽井沢までも深夜、よく飛ばしたな。まだ高速がなかった頃だから山道を走る。タイヤをキュンキュン鳴らしてね」

その頃、誠と知り合っていたら、絶対に心が傾くことはなかったろう。粋がって車を走らせる自己中男は、沙保里のもっとも苦手なタイプなのだ。

「どうしてレーサーを諦めたの？」

誠はスピードを上げ、追い越し車線に車を移動させた。

「要するに才能がなかったってこと。Ｆ１レーサーで誰を知ってる？」

「アイルトン・セナっていたよね」

「セナの目は冷静に獲物を見るハンターの目なんだ。体力をものすごく消耗するスポーツだけど、闘争心むき出しで、アクセルを踏むだけじゃ勝てない。精密機械を扱うような神経が必要なんだ。僕にはそれが足りなかった。無理をしすぎて、最後まで走りきることができないことが多かった」

言っていることを実感できたわけではないが、自分のことをきちんと分析できる誠は素晴らしいと思った。

トラックを二台まとめて抜いてから、中央の車線に戻った。

「向こうに浅間山が見えてきたよ」誠が指さした。

沙保里は目を上げた。「ここからも見えるって知らなかった」

「沙保里さん、何で下ばかり向いてるの？」

「陽射しに弱いの」

「だからサングラスを外さないの」

「そう」

沙保里の心があわ立った。すべてをさらけだしたい。だが、誠がどういう反応をするのかが怖くて口にできない。神経を患ったことがあり、今も青空に恐怖心を抱えている女を受け入れてくれるかどうか。沙保里はまったく自信がなかった。

昼前に軽井沢に到着した。アウトレットの周辺は混み合っていたが、それをすぎるとスムーズに走れた。

トラットリアで遅めの昼食を摂《と》った。そこでは沙保里はサングラスを外した。

誠がじっと沙保里を見つめた。

「どうしたの?」

「サングラス似合うけど、かけてない方がもっと素敵だよ」

「ありがとう」沙保里は無理に笑みを作った。

トラットリアを出ると、木立の中を車は走り始めた。

木漏れ日がきらきらと光っているのが、サングラスをかけていてもよく見て取れた。サイクリングを愉しんでいる親子連れがいた。

「新しい自転車、買うの?」沙保里が訊いた。

「そうするしかないだろうな」

「私、弁償します」

「何を言ってるの。あのことは忘れてって言ったろう」

「でも……」

木立を抜けた車は、ゴルフ場に沿って走る狭い道に入った。上り坂である。道幅が極端に狭くなったところで、大型のＢＭＷが向こうからやってきた。運転しているのは中年女だった。彼女はその場で停まってしまった。誠は落ち着いたものである。ミラーを畳み、ぎりぎりまで車を路肩に寄せて、慎重に前に進んでいった。

「さすがに上手ね」

「旦那の車を運転する奥さんが通る道じゃないよ、ここは。それよりも、もう幌上げてもいいだろう？」

「駄目」

「どうして？　陽射しも弱まったし、髪もそんなに乱れないって思うけど」

沙保里は目を伏せ黙ってしまった。

誠が優しく笑った。「そんなに嫌なら開けないよ」

どこをどう通ったか分からないが、別荘地を抜け、大きな通りに出た。

誠はとても精神のバランスがいい男のようだ。それが却《かえ》って、沙保里には負担だった。こういう人間は、心に障害のある人間を理解できないのではないか。誠は、眼前に広がる青空のように自分には明るすぎる。心の炎は今の内なら消してしまうことができるはずだ。

しばしふたりは口を利かなかった。やがて、車はつづら折りの道を上がっていった。スキー場のある高原を目指しているのだという。

空が目の前に広がっている。誠が窓を開けた。心地よい風が車内に流れ込んできた。

「沙保里さん、俺、君と付き合いたいって思ってる」誠はハンドルをゆっくりと切りながら淡々とした調子で言った。

「…………」

「そうか。分かったよ。無言が、多くのことを語ることもあるもんな」

喉が詰まってすぐには声が出なかった。鼓動が激しく打っている。

「私なんかと付き合わない方がいいって思う」

沈黙が流れた。手前に見晴らし台が見えてきた。誠はそこに車を停めた。

「何かあるの？」誠が真っ直ぐに見て訊いてきた。

「あなたには理解できないこと」

誠が軽く吹きだした。「恋人がいるっていうようなことじゃなさそうだな。そうか、子供いるの？」

沙保里の頰がゆるんだ。「まさか」

「借金だらけ」

沙保里は首を横に振った。

「お父さんがヤクザ？」

「父は会社員」

「うーん。だったら何だろうな」誠がハンドルに両肘を乗せた。「昔さ、相手がレズだって分からなくて、好きになっちゃった女がいた。あの時のことを思いだしたよ。ひょっとして君も」

沙保里の心が段々とほぐれてきた。「レズだったことなんて一度もないわよ」

「だったら、何？」誠が寂しげな顔で再び訊いてきた。

コップに水が溜まってゆくように、告白したい気持ちが胸を満たしてゆく。水道のコックを閉めなければ、と焦ったが、ついに水はコップから溢れでた。

「私、青空が怖いの」

「青空が怖い？」誠は、感情のない声で訊き返した。

「理解できないでしょう」

「説明してくれないか」

沙保里の呼吸がさらに荒くなった。「分からない？　私、ずっと神経を患ってたの」

「青空が見られない病気ね」誠の頬がゆるんだ。

「笑わないで」沙保里は誠を睨みつけた。

「ごめん。で、いつからそうなったの？」

「どこから話したらいいのか……」

「話せるところから話して」

沙保里はぽつりぽつりと話し始めた。とても整然とは話せなかった。話が飛ぶと、誠が舵取りをしてくれた。そのうちに、沙保里のしゃべり方が滑らかになった。フィリップのことも、姉に対する複雑な思いすら口にすることができた。俯いて歩いていて、子供に怪我をさせてしまったことも告白できた。

話し終わった沙保里は、感情が高まって涙が溢れてきた。

誠が沙保里の手を握った。

「理解できるわけないよね。私、嫌な女だし、どっか変だし……」

「夏目漱石ってさ、ロンドン在住時代、神経を患って、家から出られなかったことがあったって聞いたことがある。あんな文豪でもそうなるんだから……」

「そういう人だから、素晴らしい小説が書けたんだと思うけど、私と比較してもしかたないでしょう」

沙保里は少し冷静さを取り戻した。

「もうひとつ、話を聞いていて思ったことがある」誠の声は落ち着いていた。「確かに青空って怖いよ」

沙保里は顔を上げ、誠を食い入るように見つめた。

誠が続けた。「青い空って、底知れない感じがするもんな」

「そんなこと言った人、初めて。この話をするとね、みんな、やっぱり、どこか変だって顔で私を見るのよ」

「宇宙が無限に広がっているって思うと気持ちがいいこともあるけど、果てしなくどこまでも続いてるって思うと怖くなる。そんな感覚に似てるかな」

「私、臆病なだけだと思ってる。いつも迷って、決断できない。フィリップのことだって姉に教えるべきだったのかもしれないけど、何も言えなかったし」沙保里は久しぶりに饒舌《じょうぜつ》になった。「結局、姉はそのフランス人と別れたのよ」

「原因は沙保里さんとのことだったの？」

沙保里は首を横に振った。「違うみたい。姉に新しい恋人ができたんだって。ともかく、姉は自由奔放。私とは全然違う生き方をしてるの」

「お姉さんは強い人。沙保里さんは弱い人。雛鳥《ひなどり》でも、早く飛び立てるのと、怖がってなかなか飛べないのがいるだろう？　あれと同じだな」誠は太い眉を軽く八の字にして微笑んだ。

「だったら一生、私、弱いままなの」沙保里の口調はやや攻撃的になった。

「それでもいいじゃない。今の問題は、青空が怖いってことだけじゃないか」

「そうなんだけど」

「俺、青空を見られない女と付き合いたい」そう言いながら、ボタンを押した。

幌が静かに開いてゆく。

「やめてよ」

「目を伏せてればいい」

誠は車をスタートさせた。

頬を撫でてゆく高原の風はひんやりとしてとても気持ちがよかった。

その日から、誠との付き合いが始まった。沙保里の仕事が終わった後、一緒に飲んだり食べたりすることが多かった。ウイークエンドのデートの時は、誠はわざと昼間に会おうと言ってきた。沙保里は断らなかったが、サングラスを外すことは決してなかった。

ふたりはいつも手を握り合っていた。しかし、誠は関係を結ぼうと誘ってはこなかった。

それが沙保里には不安だった。誠はやはり、面倒な女と寝たら、後が大変だ、と付き合いながら思うようになったのかもしれない。

ある時、沙保里の家から少し離れた公園で会った。大きな池があり、そこでボートに乗せられた。

「まだサングラス、外す気になれない？」

沙保里は答えなかった。

「俺の敵は、青空か」誠が笑った。

沙保里は、オールを漕ぐ誠の腕の筋肉の動きを見つめていた。

「夜だけの生活だっていいでしょう」

誠がボートを漕ぐのをやめた。「じゃ、ふたりでモグラみたいな生活するか。俺のマンション、狭いから沙保里に向いてるかも」

そういう言い方をされると、素直にうなずく気にはなれなかった。

「今日はもう帰る」沙保里は口早に言って、目を伏せた。

「悪かった。何とか広い空を見られるようになってもらいたいと思ったけど、無理みたいだな」

ボートは発着場に向かってゆっくりと進んで行った。陽射しが湖面に撥ね、小さな光となって飛んでいた。

誠はもう連絡を取ってこないかもしれない、と思うと、余計に青空が怖くなった。

しかし、その夜、誠から連絡が入った。

「今日はごめんね」沙保里は静かな声で謝った。

「明日の夜、会おう。泊まる用意してきてくれる？　俺は翌日、休みを取るから」

「いきなりどうしたの？」沙保里は戸惑った。

「イエスかノーか、まず答えて」

沙保里は一瞬間を置き、さらりとした調子で答えた。「いいわよ」

「午前三時ぐらいまで、どこかで暇潰せる？」

「え？」

「できたらそうしてほしいんだ。ちょっとしたサプライズがあるから」

自ら残業をすれば暇は潰せる。

「サプライズって何？」

「サプライズはサプライズ。今は話せないよ」誠は浮き浮きした声で言った。

翌日、日が変わっても沙保里はクラブに残り仕事をした。閉店後も、スタッフは残っているので、時間をやりすごすのに苦労はなかった。

三時少し前。初めてデートしたバーに向かった。誠は少し遅れてやってきた。

その先が読めるものだから、沙保里はちょっとそわそわしていた。

誠はお腹が空いていると言って、ピザを頼んだ。

「もうしばらくここで俺に付き合って」

「分かったけど、何があるの？」

「ヒ・ミ・ツ」

誠はワインを愉しそうに飲み、いろいろな話題を探してきた。退屈は感じなかったが、彼の真意を測りかねた。

「俺、九月からテストドライバーをやることになったよ」

「好きな仕事に戻れるのね」沙保里の顔も綻《ほころ》んだ。

「ブレーキ専門のテストドライバーだけどね」

「危なくないの」

肩をすくめ、テストドライバーの仕事について語り始めた。

どんどん時間が経ってゆく。

「ちょっと私、疲れた」沙保里は不機嫌な口調で言った。

「もう少しの我慢」誠はにっと笑った。

何を躊躇《ためら》っているのだろう。ますます不可解だ。

そのバーは五時で閉店する。結局、誠は閉店まで沙保里と飲んでいた。外に出た。すでに夜は明けていた。沙保里はサングラスをかけた。

「近いから歩いて帰ろう」

誠が沙保里の手を握った。

「サプライズって何？」

「もうちょっとしたら分かるよ」

昭和通りの方に向かって歩いてゆく。街路樹のところで、若いサラリーマン風の男が、酔い潰れ、仰向けになって眠りこけていた。

どんどん空は明るくなり、薄青い色に変わってゆくのが、サングラスを通しても感じ取れた。

「分かった」沙保里が立ち止まった。「私に、朝の空を見せて、慣れさせようって思ったのね。それがサプライズ？」

誠は首を横に振った。

やがて横断歩道橋が現れた。誠に手を引かれるまま、歩道橋を上ってゆく。空が段々自分に近づいてくる。

階段を下りかけた時、誠が言った。「ここに座ろう」

「…………」

「いいから座って」

正面の高層ビルの間に、薄く雲のかかった青空が見えた。

「どういうことなの？」沙保里は苛々《いらいら》してきた。

ジョギングしている中年男が、階段に座っている沙保里たちをちらりと見て通りすぎていった。

「目を閉じて」

沙保里は不審感を露《あら》わにして誠を見つめた。

誠は動じる様子もなく、同じ言葉を繰り返した。

沙保里は目を閉じた。

「サングラス外して」

沙保里は言われた通りにした。

誠が沙保里を抱き寄せた。その時、右目に何かが触れた。

「右目だけ開けて」

沙保里の目の中で、青色をベースに、黒や灰色の模様が動いている。丸くなったり、菱形に変わったり……。

それはカレイドスコープだった。

「広い青空は怖いけど、小さくて変化する空ならいいだろう」

「綺麗よ」沙保里は本気で感激した。

カレイドスコープの中の空は、角度を変えたり回したりすると、どんどん変化した。

沙保里はカレイドスコープを目から外した。

長さが十七、八センチ、直径が三センチほどあるカレイドスコープだった。金属とレンズの部分以外は大理石だった。

「でも、どうして、突然、カレイドスコープなの?」

「筒の両端に金属部分があるだろう?」

沙保里は金色の光る部分を指で触れてみた。

「そこの部分だけ、うちのプレス工場で作ってるんだ。普通、作っている部品が何に使われるのか分からないことが多いんだけど、この部品については、この間偶然、知ったんだ。これで沙保里に空を見てもらいたいって閃《ひらめ》いたんだ」

沙保里は再びカレイドスコープを目に当てた。

焦げ茶の三角の部分が大きくなったり、黄色い輪っかが現れたりする向こうには、常に空の青があった。

沙保里は自分の心の中を覗いているような妙な気持ちになった。

「自然に圧倒されることなんかないよ。俺たちの空は、その筒の中ぐらいの大きさだよ。小さくて不思議な空。さあ、行こう。俺の家からも同じ空が見えるよ」

誠はさらに強く沙保里を抱きしめた。誠の唇が頬に軽く触れた。瞬間、沙保里はカレイドスコープを外した。滲んだ涙の向こうに青い空が広がっていた。

その空を凝視することはできなかった。しかし、沙保里が、小さくて不思議な空を手に入れたのは確かだった。

空が割れる

美容院の帰り、綾乃《あやの》はオープン・カフェに寄った。

アイスミントティーと、ちっちゃなアップルパイのバニラアイスクリーム添えをテーブルに置くとトイレに向かった。

鏡の前に立つ。やっぱり……。綾乃はちょっと暗い気分になった。

美容師の高倉《たかくら》さんは腕がいい。特にカットが上手で、毛先の躍動感を表現するのは抜群である。欠点はただひとつ。おしゃべりに夢中になると、鋏《はさみ》の方もそれにつられて、よく動いてしまうところだ。

美容院を出る時から、いつもよりも短いな、と思っていたが、綾乃を送りだす高倉さんの笑顔に向かっては何も言えなかった。

思いすごしでありますように、と願いつつトイレの鏡の前に立ったが、襟足も前髪も切りすぎていた。

美容院で読んでいた女性誌に、その月の双子座の運勢は最高だと書かれていた。占いを本気で信じてはいないけれど、良いご託宣を知れば、悪い気はしない。しかし、まったく当たっていなかった。

高倉さんは、最近、ゴールデンレトリーバーを飼ったことを話し始めた。
「奥さんにせがまれて飼うことにしたんですが、すごく可愛くて。携帯の待ち受け、そいつにしちゃいました」

鏡に映っている高倉さんの顔は上気していて、今すぐにでも職場放棄して、携帯を取りに行きたい感じだった。

高倉さんには子供はいない。そして、妻のことを〝奥さん〟と呼ぶ。〝女房〟でも〝カミさん〟でも〝うちの奴〟でもない。高倉さんの〝奥さん〟という言い方が綾乃は好きだった。ちょっと甘えが入っている気はするけれど、ほんのりとした温かみがする。

綾乃は犬でも猫でも動物は大好きだが、今は何も飼っていない。

実家で飼っていた柴犬の話をした。雷が鳴ると吠える犬だった。犬臭くなるからと母親に注意されても、時々、こっそりベッドに入れて遊んだりしていた。

「僕も同じことをしてるなあ。奥さん、犬を僕に取られたって思って、面白くないみたいです」鋏が勢いづいていた。

綾乃は六月、虫歯の日に二十七になった。ひとり暮らしをしているが、六、七年付き合っている恋人がいる。

同じ歳の義弘《よしひろ》と結婚して、〝奥さん〟って呼ばれて、犬を飼うような生活をするようになるのだろうか。

そうなるような、ならないような。

よく分からないまま歳月が流れ、最近の関係はゆるんだゴム紐みたい。そう思うと何だか悲しくなることもある。

「お盆休みはどうなさってたんですか？」高倉さんが訊いてきた。

親許《おやもと》に三日帰った。親許と言っても都内にあるから帰省したという感覚はまるでない。結婚して松本に住んでいる姉が、ふたりの子供を連れて里帰りした。父親は、一家団らんが戻ってきたことを、口には出さないが、すごく喜んでいるのが、ひしひしと感じられた。

姉とふたりで近くの公園を散歩し、ボートに乗った。漕ぎ手は綾乃だった。

「あんた、義弘さんとどうなってるの？」姉に訊かれた。

「どうもないよ。前と同じ」

「家に三日もいるって聞いたから、終わったのかと思っちゃった」

「週末、ふたりで沖縄に行くよ」

「そう」

綾乃は漕ぐのをやめた。ほどなくボートは池の真ん中で停まった。

「こんな感じかな」綾乃が薄く笑った。

「こんなって？」

「静かな池の真ん中で停まってるボートみたいってこと」

「停滞かぁ」

「私も義弘もボートを漕がなくなっちゃったから」

「あんたはどうしたいのよ」

「分からん」

綾乃はにっと笑って、オールを握り直すと力一杯、水をかいた。水の抵抗が気持ちよかった。

姉が中空を仰いだ。「日焼けしそう。戻ろうよ」

綾乃は岸に向かった。

「その後、お姉ちゃんの方はどうなの?」

「大丈夫。立ち直った。子供のことがあるからね」

一昨年から去年にかけて、姉は本気で離婚を考えていた。東京しか知らない姉は、ずっと地方に溶け込めずにいたのだ。両親にはそのことを打ち明けられず、綾乃にメールで告白してきた。鬱《うつ》状態かもしれない、となるべく励ます言葉は避けて、彼女の言いたいことを聞くようにしていた。

好きになった人が地元に戻るのに、姉はついて行った。地方と言っても松本は、ど田舎ではない。都会のニオイがするから、安心していたのだろうが、やはり、東京とは別世界だったらしい。松本が変なのではなくて、きっと東京が特別なところなのだろう。

義弘は静岡県天竜の出身だが、生まれ故郷に戻る気はないらしい。戻ると言ったら関係は終わってしまうかもしれない。

義弘との沖縄旅行はそれなりに愉《たの》しかった。東京で会っている時よりも、ずっと風通しがよかった。

エメラルドグリーンの海と抜けるような青い空。それに突然のシャワー。綾乃は部屋に出たヤモリにきゃあきゃあ騒いで、義弘に抱きついた。ヤギと遊んだ後のヤギ料理を「可哀想だなあ」と言いながら、無理やり口に運ぶ義弘が可愛く思えた。

ふたりでしょっちゅう旅行したり、新しい映画を観たり、新発売のゲームをやっていればとても愉しくて、ずっと良好な関係が続きそうである。

しかし、現実がふたりに入り込んでくると、ぶつかることが、日を追うごとに増えてきた。

綾乃は映画やテレビの製作会社に勤めている。

元々、映画が好きで大学時代は自主映画のサークルに入っていた。義弘とはそこで知り合った。

映画会社が第一志望だったが、希望は叶わなかった。義弘は文系で、映画はあくまで趣味だった。新聞社に入りたかったが、ことごとく断られ、文系なのに、大手の家電メーカーの子会社に就職し、システムエンジニアの道に進んだ。もともとパソコンには詳しかったが、まさか仕事でサーバーをいじるとは彼も思っていなかった。ソフトの需要が多いから人手不足で、文系でも技術者になることは珍しくないのである。

綾乃の会社は小さい。しかし、人間関係がうまく行かないことはある。綾乃は義弘に愚痴《ぐち》った。しかし、彼の方も会社で苛立つことが多々あるらしく、話をしても上の空。綾乃を受け止めてはくれなかった。

就職した時、先手を取って、義弘を聞き役に回しておけばよかったのだが、「俺、俺」と甘えてくる義弘を受け入れ、聞き役に回されてばかりだった。

しかし、最近は少し変わった。

「ちょっと話を聞いてよ」と眉間にシワを寄せて詰め寄るようになった。

そうすると義弘は話を聞いてはくれる。だが、しょっちゅう余計なことを言う。

「それはさ、向こうの立場に立ってみれば、綾乃も少しは引いてなきゃ。お前、最近、好き嫌いがすぐに顔に出るようになったもんな」

綾乃は歯を食いしばって、義弘を睨《にら》みつけるのだが、そのうちに悔し涙が溢れてきてしまう。

喧嘩は絶えず、義弘を自分の部屋から追いだしたこともあれば、彼の部屋のドアを思い切り閉めて家に戻ってしまったこともあった。

和解はなしくずし的にやってくる。

「しばらく連絡ないけど、どうしてるかなって思って」

そんな言葉をしらっとした調子でお互いに吐いているうちに、ご飯を食べたり、映画を観たりするようになるのだった。しかし、些細なことがきっかけで、またふたりの間に嵐が訪れるのである。

トイレを出た綾乃は席に戻った。アイスクリームが溶け始めていた。

カフェを出ると高級ブランドショップが軒を連ねている通りに入った。何か買いたいものがあるわけではないけれど、店を覗いた。クロエとかバレンシアガが好きだけれど、値段が高すぎて、綾乃の給料では買えない。金の問題ばかりが、綾乃を高級ブランドから遠ざけているのではなかった。ドルガバの洋服は個性的すぎて自分には似合わないと思うし、グッチのヒールの高い靴も履《は》いてみたいけれど、気合いを入れないと履けそうもない。

ウインドーショッピングに飽きた綾乃は地下鉄の駅に向かった。

その足がはたと止まった。ブランドショップのビルから、義弘が出てきたのだ。ひとりではなかった。日傘をさした女と一緒だった。

相手はかなり歳上である。背筋が伸びた長身の女で、手に提げたバッグは、一目で分かる超高級品だった。

義弘は女との会話に夢中で、綾乃には気づいていない。彼が空車に手を上げた。そして先に女を乗せた。

綾乃は歩道の端に立ち尽くしたまま、しばし身動きが取れなかった。

その日、義弘は箱根にある研修センターにいるはずだった。これまでも研修で東京を離れることはあったが、週末というのは初めて。変だなとは思ったが、まさか、嘘をついて他の女と会っていたとは。

ショックは家に戻っても消えるはずもなかった。

携帯を鳴らしてやろうか。それともメールで嫌味を言ってやろうかと思ったが止めにした。そんなことをしたら余計に惨めになるだけだ。

短くなってしまった髪がむしょうに腹立たしかった。


いつしか窓の外は夜の色に染まっていた。

住まいは神楽坂《かぐらざか》にある。部屋からは、都会の夜景が愉《たの》しめる。

しかし、素敵な夜景も、重く澱んだ嫌な気分を晴らしてはくれなかった。

義弘とはもうこれ以上、やっていけないのか。でも、簡単に別れを切り出せるわけがない。義弘の存在が、六、七年におよぶ長い歳月の間に、綾乃の躰《からだ》に染みついてしまっている。結婚期間だとしたら六、七年は短い。しかし、学生からの恋人関係としては異様に長いと言えるだろう。手垢のついた家具を捨てられないように、さよならと義弘に背中を向けて去ってゆくなんてできそうにない。しかし、慣れ親しんでいるというだけで、ずるずると今のような関係を続けていても、袋小路に追い込まれていくだけに違いない。

決断すべきか。いや、まだ、その時期ではない……。いくら考えても堂々巡りを繰り返すだけで、綾乃は頭が痛くなってきた。

泉美《いずみ》に電話をしてみたくなった。

泉美はすぐに電話に出た。辺りに人の声がした。泉美は彼と一緒なのかもしれない。

「今、大丈夫?」綾乃が訊いた。

「明石《あかし》さんとご飯食べてるとこですけど」

「じゃ、またかける」

「何かあったんですか? 声、元気ないですよ」

「別に。暇だったら、一緒にご飯でも食べようと思っただけ」

「よかったら、こっちに来ません?」

「遠慮しとく」

「明石さんのお友だちも一緒なの。ひとりでご飯食べるの寂しいじゃないですか。出てきません?」

「邪魔じゃないかしら」

「全然」

泉美は、丸の内にあるレストランにいるという。

綾乃は泉美の誘いを受けることにした。

髪を洗い直し、自分で形をつけたが、短くなったものは長くはならない。

膝下丈のデニムに、萌葱色《もえぎ》のミニワンピに着替え、丸の内に向かった。

泉美は超高層ビルの最上階にあるレストランにいた。アメリカン風のレストランである。

泉美の隣に明石さんがいて、その正面に、明石さんと同年配の男が座っていた。

「おう」明石さんが、綾乃に軽く手を上げた。

泉美が、綾乃をもうひとりの男に引き合わせた。芹沢夏夫《せりざわなつお》は、明石さんの大学のクラスメートで、出版社の社長だという。

綾乃は芹沢の横に腰を下ろした。

食事は大方、終わっていた。彼らはブルーチーズを食べながら、ワインを飲んでいる。

綾乃はそれほどお腹は空《す》いていなかった。アンチョビー入りの仔牛のポワレだけを頼んだ。

泉美は同じ会社で働いているふたつ歳下の同僚である。オレンジに黒のストライプの入ったミニドレス姿だった。靴はビジューを配したヒールの高いサンダル。スタイルに自信を持っているから、ひとつ間違えればケバく見える恰好も、泉美がするとよく似合う。

そんな彼女の男の趣味はちょっと変わっている。父親は五十歳だが、父親よりも歳上の男にしか興味がないという。相手が妻帯者だってかまわないのは当然である。同世代はおろか、三十代、四十代の男でも、彼女に言わせれば〝ガキ〟だから付き合う気はない、とはっきり言っていた。

明石さんはあるレコード会社の映像部門のプロデューサーである。一時、彼は仕事で綾乃の働いている会社によく顔を出していた。

明石さんから誘ってきたらしいが、泉美はそれとなく隙を見せ、声をかけられるように仕向けたのだろう。

明石さんは五十六歳。酒はそれほど強くなく、飲むと眠くなるタイプである。頑張っていいところを見せようなどとしないところが、泉美に言わせると、頼もしくて安心感を抱かせてくれるのだという。

「それって、恋とはちょっと違うよね」

嬉しそうに話している泉美に、綾乃はそう言ったことがある。

「うーん。そうかもしれないけど、私、明石さんのこと大好きだし、大事に思ってる。いくら歳が離れていたって、付き合っちゃうと、男はみんな少年になっちゃうし、我《わ》が儘《まま》も言うし、苛々《いらいら》することもあるよ。だけど、やっぱ、何かが違う。包容力があるっていうと褒《ほ》めすぎかな。激しくなりたくても、疲れちゃうっていうのかな。すぐにトーンダウンしてくれる。だから、安心して甘えられるの。これが若い男だとそうはいかないでしょう？　恋するとガチンコしちゃうじゃん」泉美は軽く眉をひそめた。

十代から歳上の男と付き合い、裏切られたり裏切ったりしてきたらしい泉美は、歳下だけど、綾乃よりもずっと、この点に関しては先輩なのである。

明石さんが、今、関わっている映画について話をした。

綾乃は黙って聞きながら、食事をした。

義弘のことが脳裏にこびりついている。今頃、彼はあの歳上の女とどこかで食事をしているのだろうか。泉美にならば打ち明け話ができると電話をしたのだが、話せる機会はなさそうだ。

話が途切れた時、綾乃が芹沢に訊いた。「どんな本を出してるんですか？」

芹沢は名刺を綾乃に渡した。「歴史はあるんだけど、本当にちっぽけな会社でね。従業員は私の娘とバイトの学生だけです」

名刺に刷られた会社名に記憶があった。

「『映画狂対決』って本、確か……」

芹沢の目が輝いた。「あの本はうちで出したものです。二十年ぐらい前に出したんだけど、よくご存知ですね」

学生時代に古本屋で見つけたのだ。トリュフォー、フェリーニ、コッポラ、アラン・レネなどの映画監督について、ふたりの評論家が思いの丈を語り、論争する対談集だった。

「あれは、うちの本にしては売れた方だったなあ」芹沢は遠くを見るような目をしてつぶやいた。

芹沢は明石さんと同じ歳だから、綾乃の父親よりもふたつ歳上だ。躰の大きな男だった。長めの髪に白いものが交じっている。染めないのは、そういうことに無頓着なのか、無理に若々しく見せることを嫌っているのか分からないが、とても肌艶《はだつや》のいい細面に、白髪交じりの長髪は馴染んでいた。大きな目が笑うと、よく履き込まれた革靴のようなシワが走る。明石さん同様、とても穏やかな性格の男に思えた。

綾乃の食事が終わると、バーに移った。座り心地のいい椅子に腰を下ろし飲み続けた。

明石さんと芹沢が、昔の映画の話を始めた。綾乃は何とか話についていけたが、泉美はまるで駄目である。

明石さんも芹沢も、俳優の名前や題名をよく忘れた。

「……『ガルシアの首』、結構、印象に残ってる」明石さんが言った。

「僕もだよ」

「あれを撮った監督の名前が出てこない。何て言ったっけ」

芹沢も考え込んだ。「いきなり言われたら、僕も思いだせない。あれだろう」

「あれだよ」明石さんがうなずいた。

芹沢が腕を組んだ。「えーと、『ゲッタウェイ』を撮ったあの監督……」

「サム・ペキンパーじゃないですか」綾乃が口をはさんだ。

明石さんが躰を起こした。芹沢は組んでいた腕を外し、綾乃を見つめた。

「そう。サム・ペキンパーだよ」

ふたりがほぼ同時にそう言った。

「ほっとしたな。思いだせないと苛つくもんな。ありがとう」明石さんがワイングラスを綾乃にかざした。

「お恥ずかしい話だけど、日に日に物忘れが激しくなってるんです。山瀬《やませ》さんのおかげで、脳の中のゴミがひとつ流されたような気がする」芹沢も喜んでいる。

泉美がちらりと明石さんを見た。「彼の、アレアレ、コレコレはしょっちゅうよ。時々、本気で腹が立つこともある」

「ごめんな」明石さんが顔をくしゃくしゃにして謝った。

「この分だと私の誕生日も忘れちゃうかもね」

「それは大丈夫。十月二十六日だよね」

泉美の顔から笑みが消えた。「ひどい。私の誕生日、十一月二十六日よ」

明石さんが軽く泉美の髪を撫《な》でた。「冗談だよ。ボケかましただけ」

「まったくもう」泉美が明石さんを睨みつけた。

明石さんは笑いながら煙草に火をつけた。

鬱々とした気分が胸の底にたゆたい続けてはいたが、和やかな雰囲気に、綾乃の気分は少しほぐされた。

父親より歳上の男しか選ばない泉美の気持ちが少しだけ理解できた。

明石さんと芹沢が同級生の話を始めた。

「ちょっと失礼」立ち上がった泉美が綾乃に目配せした。

「私も」綾乃も腰を上げた。

トイレの洗面所で泉美が口紅を直し始めた。綾乃も鏡の前に立ち、バッグから化粧ポーチを取りだした。

「綾乃さん、私に話したいことがあったんでしょう」

「そうなんだけど、今日はやめとく。午後、美容院に行ったんだけど、短くされちゃって」

泉美が綾乃の髪を見つめた。「いつもよりも短いけど、雰囲気、全然変わんないですよ」

「そう？」

「うん」

「泉美ちゃんの気持ち、今夜、何となく分かった。いい関係ね、明石さんと。羨ましい」

「義弘さんとまた喧嘩したの？」

「そうじゃないんだけど……」

「綾乃さん、私と明石さん、今夜ね、この近くのホテルを取ってるの。どうせ、あの人、もうしばらくしたら眠くなるから、先に帰っていい？」

「私も一緒に出る」

「今日初めて会ったんだけど、芹沢さんって素敵じゃないですか。綾乃さんと話が合いそうだし」

鏡に映っている泉美を見た。「どういう意味よ」

「別に意味はないですよ。でも、先輩、最近、元気なさそうだから」

「先に行くね」綾乃は泉美をその場に残し、席に戻った。

明石さんの目がとろとろしてきた。

「明石、そろそろお開きにするか」

「うん。俺は泉美と一緒だから、綾乃ちゃんのことよろしくな」

芹沢が綾乃を見た。「どちらにお住まいなんですか？」

「神楽坂です」

「お送りしましょう」

「芹沢さんのお住まいは？」

「水道橋です」

「それじゃ遠回りになってしまうんじゃないですか？」

「かまいません」

泉美たちと別れた綾乃は、芹沢と一緒にタクシーに乗った。

「すごく愉しい一夜でした。お会いできてよかった」

「私もです」

「近いうちに、またお会いしたいなあ。連絡先訊いてもいいですか？」

「ええ」

綾乃は芹沢と携帯番号の交換をした。


家に戻ると、パジャマに着替えた。暗く沈んだ気分が戻ってきた。

義弘が自分に嘘をついて、他の女と会っていた。ブランド街で見た義弘の姿が脳裏に浮かんでくると、神経が冴えてしまってとても眠れない。

綾乃はワインの栓を抜いた。

義弘も、泉美のように、ぐんと歳の離れた異性といることで、自分といるよりも解放されているのだろうか。あの女とは喧嘩なんかしないのだろう。うんと甘やかされ、僕《しもべ》のように扱われても、それを良しとして、ナイト気取りでエスコートしているようである。

想像の翼が広がれば、広がるほど、綾乃は、怒りと寂しさが胸に溢れてきて、やりきれない気持ちになった。

義弘を問い詰め、白黒つけようか。携帯を握った。

と同時に携帯が鳴った。芹沢からだった。

「遅い時間にかけてごめんなさい」

「いいえ」綾乃は声を作った。

「来週の水曜日の夜は空いてますか」

「空いてますけど」

芹沢は食事に誘ってきた。綾乃は受けた。

芹沢が口にした時間と待ち合わせの場所をメモした。

「水曜日、愉しみにしています」柔らかい声を残して芹沢は電話を切った。

芹沢の声を聞いたら、閉め切られた雨戸の透き間から陽が射してきたような気分になった。

今夜初めて会って、短い時間一緒にいただけだが、芹沢は綾乃の心を和ませる何かを持っていた。

不安も悩み事も、彼がふわりと受け止めてくれそうな気がした。

彼のような男が傍にいてくれたら、出口の見えない義弘との付き合いと決別できるかもしれない。

日曜日の夜、義弘から電話がかかってきた。研修から戻ったから会いたいという。

「疲れてないの？」綾乃は淡々とした調子で訊いた。

「全然」

「私、体調が悪いの。だから、今日は出かけたくない」

「どうしたんだよ」

「何となく躰がだるくて」

「本当に出られないの？」義弘が不服げに言った。

「うん」

「俺がそっちに行こうか」

「今日は誰にも会いたくない。また電話するね」

綾乃はすげなく電話を切った。

綾乃の態度が変だと、義弘は動揺したかもしれない。しばらくは、彼の誘いを無視することにした。駆け引きではなかった。会えば、どんな形であれ、ページを捲《めく》らざるをえない。それが怖かった。

綾乃の仕事は電話の取り次ぎとか、荷物や契約書の発送とか、礼状書きとか、派手な仕事に関わっているにしては、面白みのあるものではない。大概、定刻の午後六時には事務所を出られる。

週明け、泉美と一緒に夕食を食べた。そこで、義弘のことを話した。

「私が言うのは生意気かもしれないけど、綾乃さんの気持ち、前から全然分からない。普通、学生の時に付き合ってた人とは、社会人になると終わっちゃうことが多い気がするの。大概は女が相手を振っちゃう。綾乃さんはそうしないで、ずっと付き合ってきた。それは素晴らしいことだし、よほど相性がいいんでしょうけど、やっぱり、そういう関係って行き詰まるんじゃないかしら」

「そうね。前にも話したけど、私たち、会うと喧嘩ばかりするようになったもんね」

「煮詰まっちゃうんでしょう」

「うん」

「距離がなくなるのは、仲がいいからなんだろうけど、綾乃さんを受け止めてくれる人が必要なんじゃないかな。義弘さんの方も、自分のことで精一杯。余裕がないんだろうね」

綾乃は、芹沢と食事をすることを泉美に教えた。

「へーえ。どっちが誘ったの？」

「向こうに決まってるでしょう」

「びっくりね。あの人、奥手な感じがしてたけど……。でも、綾乃さんにとってはいいことだと思う。思い切り、甘えちゃえばいい」

綾乃は苦笑した。

「私、別に芹沢さんと付き合おうなんて思ってないよ。ただご飯食べるだけ」

「分かってます。でも、芹沢さんは買いよ。綾乃さんに合ってます。自然に転がっていく気がするな」

水曜日がやってきた。

待ち合わせ場所は神田神保町《じんぼうちょう》にある大きな本屋だった。

芹沢の姿が本屋の前に見えた。綾乃の姿を認めると、軽く手を振った。

「神保町には足を向けることは滅多にないんじゃないんですか」

「学生の頃には時々、本を探しにきましたが、就職してからは初めてじゃないかしら」

芹沢に連れて行かれた店は、裏通りにあるロシア料理屋だった。

こぢんまりとしたとても落ち着ける店だった。赤白の格子縞のテーブルクロスに黒い椅子のコントラストがきいていて、煉瓦の仕切りにはマトリョーシュカが数体飾られている。

綾乃と芹沢は壁際の席に腰を下ろした。

「僕は、明石みたいに話題の店に詳しくないから、地元の店に来てもらうことにしました」

「素敵なお店ですね。この間、お会いしたお店よりも、私、こっちの方がずっと好きです」

「そう。じゃよかった」

前菜はキャベツの酢漬けとサラミソーセージにしたが、芹沢はキャビアも頼んだ。

モルドヴァ・ワインの白で乾杯した。

綾乃は芹沢に訊かれるままに、学生時代、自主映画を作るサークルに入っていたことを話した。

「綾乃さんはどんな役割だったんですか？」

「役者もやれば、照明もやりました」

「監督とか脚本を担当したことは？」

「脚本を作るのが一番難しくて、監督を中心にみんなで考えることが多かったんです」そこまで言って、綾乃が照れ臭そうに笑った。「一本だけ私が主役のものがあります」

「どんな役？」

「家出した少女の役でした。少女はとある田舎で、盲目の青年に会って、彼に淡い恋心を抱き、その青年との出会いがきっかけで、立ち直っていくんですが、実は彼は、とうの昔に死んでいた、というありきたりな話です」

「観てみたいな」

「観せられません。台詞回《せりふ》しは硬いし、台本も演技も、自己陶酔してるだけの映画ですから」

その時の相手役が義弘だった。部員のひとりの田舎が諏訪《すわ》だった。そこで夏合宿をした際、その映画が撮られた。姉が松本に嫁いだばかりだったから、合宿が終わった後、姉のところに寄ることにしていた。

義弘とはすでに付き合っていたが、躰の関係はなかった。姉のところに寄った後、彼と安曇野《あずみの》で待ち合わせをした。

夕食を食べて部屋に戻った後、激しい雷雨に見舞われた。暗い空を割って、黄金色の雷が縦に走った。

空が割れるように、綾乃の心も躰も割れて、義弘に飛び込んだのだった。

自主映画サークルの話をしていると、どうしても義弘のことが脳裏に浮かんできた。だが、胸を痛めることはなかった。

愉しそうに芹沢が聞いてくれるので、その頃のエピソードが次々と思いだされて、話が止まらなくなった。

学生時代が自分にとって一番、充実していた時なのかもしれない。綾乃は改めてそう思った。

「映画を製作してみたいって気持ちはないの？」

綾乃は首を横に振った。「ないです。泉美ちゃんもそんな気はないけど、もうひとりいる女の子は、社長みたいになりたいみたいで、社長の後ばかりくっついてますけど。でも、映画に関わっているのは愉しいです」

綾乃はボルシチを口にした。「美味しい」

「僕もここのボルシチが大好きでね」

自分のことばかり語っていた綾乃は芹沢の出版社について訊いた。東京オリンピックの年に、大手の出版社を辞めた父親が創った会社を、芹沢も父親と同じコースを辿り、継いだのだという。

「決して大もうけはできないし、赤字になってしまうこともあるけれど、本と関わっていられるだけで愉しいですね」

「自費出版なんかもやってるんですか」

「うん。自分のことを語りたい人がいかに多いか、最近、痛感させられてます」

「お嬢さんと一緒に本を作ってるって仰《おつしや》ってましたよね」

「女房と三人でやっていたんですが、一昨年、女房が死んだんです。それでふたりになっちゃった。ふたりじゃきついから、しかたなくバイトを雇ったんです。娘に、今日、若い女性とデートしてくるって言ったらびっくりしてました」

「お嬢さんと仲がいいんですね」

「もうじき、三十になるんですが、いい人がいないみたいで。早くいい人、見つけてほしいんですけどね」

グルジア風羊の串焼きをふたりで分けて食べることにした。

綾乃の携帯が鳴った。義弘からだった。

綾乃は思わず携帯を切った。芹沢が怪訝《けげん》な顔をした。切ってしまった口実を見つけなければと焦ったが、何も思いつかなかった。

芹沢は黙って煙草に火をつけた。

芹沢はよく飲む。しかし、全然、乱れるところはなかった。芹沢につられたわけではないが、その夜、綾乃もいつになくグラスが進んだ。

ふたりでワインを二本空けた。

ロシア料理屋を後にした綾乃は、誘われるままに近くのバーに入った。

派手さはないが、そこもゆったりと落ち着ける店だった。

「マティーニを飲みませんか？」芹沢が言った。

「ええ」

キャビアを食べ、マティーニを飲む。それだけ聞けば、セレブの香りに包まれているみたいだが、まったくそんな感じはしなかった。

単に庶民的というのでもない。銀座や六本木とは違い、どこかしらに知の香りがしている。こういう隠れ家的な店に、白髪交じりの髪をのばした中年男、芹沢夏夫は似合っていた。

「神保町には穴場が多いって感じですね」

「活字や映画などの文化に携わる人間が多い街ですから、独特のエリアを作り上げているんでしょうね。僕にとっては、すごくほっとする街です。この辺りが、本屋街になったのは明治時代。一八八〇年頃から、近辺に相次いで学校が創られ、学生が集まるようになったからだそうです……」

芹沢は街の説明をしてくれた。その内容に深い興味を抱いたわけではないが、ちっとも退屈ではなかった。

芹沢が自分に好意を抱いているのは何となく感じ取れた。この男に言い寄られたら、自分はどうするだろうか。胸がときめく相手ではないが、静かに船出してゆく恋だってあるではないか。

胸がちくりと痛んだ。先回りしてそんなことを考えている自分が何か嫌な女に思えてきた。義弘との別れのために、彼を利用しているだけではないのか。そう思った途端、芹沢に愛おしさを感じた。

綾乃は自分の気持ちの有り様が分からなくなった。

マティーニのお代わりを頼んだ。それからも飲み続けた。

意識が朦朧《もうろう》としてきた。

「綾乃さん、大丈夫？」芹沢が綾乃の顔を覗き込んだ。

「え？」

「かなりお酒が回ってる感じがするけど」

「ちょっと飲みすぎたかな」

背筋を無理に伸ばして見せたら、後ろにひっくり返りそうになった。

芹沢が背中を支えてくれた。「帰りましょう。送っていきます」

立ち上がった綾乃の躰がふらついた。芹沢に抱きかかえられて外に出た。

「ごめんなさい。私、けっこう飲める方なんですよ。でも、今日は……」

「無理をしない方がいい」

綾乃は芹沢に躰を預けて表通りに出た。

タクシーに乗ると、芹沢の膝に横になってしまった。彼の手が腰の辺りにあった。無防備になっている、と思ったが、危険はまったく感じなかった。

芹沢の胸は義弘のよりも広く、腕も太かった。それが心地よかった。世の中は広いのだと思いながら、綾乃は芹沢の胸に頬を押しつけた。芹沢の指が優しく腰に這った。

「着きましたよ。起きて」

気がつくと、マンションの前にタクシーは停まっていた。

「うん、うん」綾乃はうなずいたが、すぐには躰を起こせなかった。

芹沢が優しく抱き起こしてくれた。

「部屋までお送りしましょう」

綾乃は正気を取り戻した。「ここでかまいません」

「部屋の前まで送ったらすぐに退散します」柔らかい笑みが綾乃を包んだ。

綾乃はエレベーターに乗せられた。ドアの前に立った。バッグから鍵を取りだすのにえらく時間がかかった。

鍵を開けると、芹沢に目を向けた。「とても愉しかったです。お休みなさい」

「明日は二日酔いかな」芹沢が柔らかく笑った。「また会いましょう。お休みなさい」

綾乃が部屋に入ると、芹沢は去っていった。


翌日は二日酔いで、頭が痛かった。だが、会社を休むことはしなかった。

昼休み、泉美と食事をした。

「昨日はどうでした？」泉美は興味津々である。

「愉しかったよ。でも、私、すごく酔っちゃって、芹沢さんに部屋の前まで送ってもらっちゃった」

泉美の目が輝いた。「何もなかったんですか？」

「当たり前でしょう。芹沢さん、とても紳士だった。きっとあんなに酔ったのは、芹沢さんに安心したからだと思う」

「とりあえず、芹沢さんにしておくっていう手もありですね」

「え？」綾乃がつい前のめりになった。

「新たな人が出てくるまでの繋ぎっていう意味です」

綾乃は泉美を見て、呆れ顔で首を横に振った。「そういう考えって、私はできない」

「そうか。そうですね、先輩はそういう女じゃないもんね。余計なこと言ってすみません」

泉美のざっくばらんさが綾乃は好きだ。だが、泉美には彼女なりの屈託がある。綾乃を、彼女と同じ土俵に引き込んで、ぐんと歳上の男と付き合うことを、やたらと勧めるのは、綾乃が、同じ歳の男と煮詰まり、ぶつかっても別れないでいることを、心のどこかで羨ましいと感じている気がしないでもなかった。

その夜、泉美はキックボクシング・ジムで汗を流す日だ。綾乃も誘われて一度試してみたけれど入会する気にはなれなかった。

家に戻った綾乃は、有り合わせで夕食を摂《と》ってから、芹沢に電話を入れ、昨夜、酩酊《めいてい》してしまったことを詫びた。

「仕事に出るのが辛かったでしょう」

「ええ。午前中はまだお酒が残ってました」

「飲みたい時には大いに飲む。飲みたくない時には無理をしない。少なくとも、僕と一緒の時はそうしてください。ここしばらく仕事が立て込んでて時間が取れないけど、直に暇になります。そしたらまた会いましょう」

「芹沢さん、携帯メールやります?」

「ほとんどやらないけど、アドレスは持ってます」

「教えてください」

「いやあ。覚えてないな」

綾乃は自分のアドレスを芹沢に控えさせた。芹沢は娘に訊いて返信すると答えた。

芹沢からメールがくるのにそれほど時間はかからなかった。絵文字も顔文字もない、手紙のようなメールに、綾乃の頬がゆるんだ。綾乃は、絵文字を控え目に入れて返信した。

時々、電話でも話した。大半は映画の話だった。

義弘からは何度も電話がかかってきた。無視した。芹沢と話している時にかかってきたこともあった。メールも頻繁に送られてきた。心配しているという内容のものが怒りのメールに変わり、「別れたいのか。だったらはっきり言えよ」と捨て台詞みたいなメールを最後にこなくなった。

心配しているという内容の時は絵文字が使われていたが、怒りのメールは文字で埋め尽くされていた。

芹沢のメールは短い期間で柔らかくなったが絵文字が使われることはなかった。

綾乃はハートマークを一度も入れなかった。遊びだったら、軽くピュンと飛ばせるし、気持ちが真っ直ぐに向かっている時は、心をこめて、大きなハートマークが送れるのに。

芹沢の広い胸で酔い潰れてから十日ほど経った。やっと時間が作れたので、会いたいと芹沢が言ってきた。彼の趣味はマラソンで、その仲間と一緒に渋谷の居酒屋で飲むのだという。

初対面の人たちに混じることに臆するところはあったが、芹沢なら自分を孤立させるようなことはなかろうと誘いを受けた。

芹沢と会う前日、寝る前に綾乃は軽い体操をした。ビリーズブートキャンプを勧められて買ったが、綾乃にはハードすぎてすぐにやめてしまったのだ。

屈伸運動の途中で義弘から電話があった。

電話に出るだけの余裕が綾乃の中に生まれていた。

「元気？」義弘が力なく言った。

「元気だよ」

「息が上がってるね」

「体操してたから」

「明日、会わないか」

「高校の同級生との飲み会がある。だから会えない」すんなりと嘘が口をついた。

「どうしちゃったんだよ」義弘の声に不安が波打った。「俺に会えないって、綾乃、まさか……」

「よっちゃんだって、仕事が忙しくて私に会えないって言ったことしょっちゅうあるじゃん」

女といるところを目撃したと言ってやろうかと、喉まで出かかったがやめにした。

「俺、明後日から出張で仙台なんだ。月曜日には戻ってくる。帰ったら会おう」

「月曜日は泉美と一緒。こっちからまた電話するよ。気をつけて行ってきて」

出張は本当でも、向こうであの女に会う可能性はある。

電話を切った綾乃は体操をやめ、白ワインのハーフボトルを開けた。そして、久しぶりにＴＯＫＵの『Bewitching』をかけた。

義弘の車でよく聴いたアルバムだった。

こんな心理状態の時に聴くアルバムではない。綾乃は自分の心を確かめるように、思い出の曲に耳を傾けた。

当時、義弘は車を持ってなくて、ドライブに出かける時は、東京に住んでいる兄の車を借りた。安曇野にもその車で来ていて、雷雨の夜に、結ばれた後、一緒に東京に戻った。その時も、このアルバムが流れていた。

中央道は断続的に渋滞していた。小仏《こぼとけ》トンネルの手前で、後続車にオカマを掘られた。スピードが出ていなかったから大事にはいたらなかったが、義弘は相手に猛烈な剣幕で喰ってかかった。大袈裟な怒り様に、子供っぽさを感じたが、自分の前で、男らしく見せようと頑張っている義弘が微笑ましかった。

思い出が思い出を呼ぶ。

映画のことで意見を闘わせたり、カラオケに行って、綾乃が浜崎あゆみの『Voyage』、義弘がポルノグラフィティの『サウダージ』を熱唱した。就職についても真剣に話し合った。

そんなふたりの付き合いが、ここ一、二年で色褪《あ》せた。いや、翳《かげ》りを帯びてきたのは、もっと前のような気がする。

義弘も自分も、崩れかけそうな土台を何とかしたいが方法が見つからないまま流れてきた。

土台を元に戻すなんて不可能だし、そういう努力は必要ない気がしないでもない。自分も義弘も、「じゃあねえ」と笑って、それぞれの道を歩むべきなのかもしれない。

足の爪が伸びているのに気づいた。引き出しから爪切りを取りだそうとした綾乃だったが、手にしていたのはホッチキスだった。

芹沢と待ち合わせをした日は、夜には雨になると天気予報が伝えていた。しかし、綾乃は傘を持たずに会社を出た。

渋谷にある小洒落《こじゃれ》た居酒屋の個室を貸し切って八名ほどの人間が集まっていた。女は綾乃の他にひとりいた。印刷会社の営業をやっているという三十二歳の橘《たちばな》さんは、芹沢と同じ歳の男と結婚していて、夫婦でマラソンをやっているのだという。

男たちの平均年齢は高く、六十五歳を超えて各地の市民マラソン大会に出場しているという人もいた。

温厚そうな人たちばかりで、実に気持ちのいい集まりだった。やはり、マラソンの話が中心だった。綾乃が浮かないようにと、芹沢は気を遣ってくれた。

「だいぶ昔の話だけどね、マラソンの途中に下痢になって、そのままコースを外れ、喫茶店かどっかのトイレに直行した選手がいたんだよ」

「俺も腹をこわして、リタイアしたことがあったよ」メンバーのひとりが言った。

「オッパイの大きな選手は、走っている時に、オッパイの下側がぶつかって腫れちゃうんだよ」芹沢が綾乃のグラスにワインを注いだ。

「巨乳はマラソンの邪魔らしい。小さくしてしまう選手もいるって聞いたことがある」六十五歳の仲間が、手羽先を食べながら口をはさんだ。

「羨ましい。私なんか、そんな経験全然ない」橘さんがそう言って、綾乃の胸に視線を這わせた。

「山瀬さんがマラソン選手だったら、小さくしなければならないかも」

「そんなことありません。上げて寄せて誤魔化してるだけです」綾乃はからっとした調子で笑ってみせた。

全員が綾乃にマラソンを始めることを勧めたが、決して、押しつけがましくはなかった。和気藹々《わきあいあい》としていて、同窓会のような雰囲気である。

二次会は近くのカラオケボックスで行われるという。良かったら二次会も付き合ってほしいと芹沢に誘われた。

綾乃は腕時計に目を落とした。まだ九時を少し回った時刻だった。

「みんな、歳だから退《ひ》けるのが早い。僕がちゃんと送り届けるから」

綾乃は誘いに応じた。

知っている歌、知らない歌が飛び交った。演歌もあればスタンダードも歌われた。綾乃も歌った。最近はあまりカラオケに行っていないので、学生時代に歌ったものばかりを選曲した。浜崎あゆみやａｉｋｏのかつてのヒット曲は、綾乃にとっては、すでに懐かしい歌の部類に入るものだが、集まっている男たちにとっては初めて聴くもののようだった。おおいに受けたのは、島谷ひとみの『亜麻色の髪の乙女』と橘さんとデュエットしたピンク・レディーのメドレーだった。

芹沢は二次会でも綾乃に対する気配りは怠らなかった。

不愉快なことはひとつもないのに、物足りない気分に陥った。カラオケでの選曲の違いなどはどうでもよかった。共有するものがほとんどない優しい雰囲気に飽きを感じてきたのだった。

泉美は、そういうことを度外視して、ぐんと歳上の男の懐に飛び込むことができるが、自分には向いてないのかもしれない。しかし、義弘と難しい顔を付き合わせて、付き合っていくなんてできそうもなかった。芹沢の広い胸に躰を委ねた方が幸せに決まっている。

そんなことを考えながら、語らっている芹沢を盗み見ていた。

会がお開きになり、綾乃は芹沢とふたりきりになった。雨は降っていなかった。タクシーを拾おうとしている芹沢の手に大きな黒い傘が握られていた。

それを見た瞬間、嫌な気分になった。雨が降りそうな天気なのだから、傘を用意してくるのは自然なことである。

しかし、大きな黒い傘に、綾乃は生理的嫌悪を抱いた。理由などよく分からない。

タクシーの中で、芹沢はいつものような柔らかな笑みを浮かべて言った。

「今夜は酔ってないですね」

「カラオケで発散したから」

くぐもった音が暗い夜空に響いた。雷鳴である。

「もっと早くに降りだすと思ってたけど、保《も》ってくれてよかった」芹沢が言った。

遠鳴りだった雷が、まぢかに聞こえ、家に着く前に激しい雨が降りだした。

タクシーがマンションの前で停まった。ドアが開くと、芹沢が傘を広げて、綾乃が出るのを待った。

こんな大きくて黒い傘に守られるのはイヤ！　綾乃はそう叫びたかったが、目の前で開かれている大きな傘を断れるわけはなかった。

芹沢が綾乃の肩を抱いて、玄関ホールまで送ってくれた。

「また会ってくれますね」

綾乃は躰を硬くしたまま答えられなかった。

「どうしたの？」

背後でエントランスのドアを開く音がした。芹沢の視線がドアの方に向けられた。

「綾乃」

義弘の声が聞こえた。

救われた思いがした。しかし、義弘の顔を見たら、怒りが湧いてきた。

「どうやって入ったのよ」綾乃がきつい調子で訊いた。

「そんなことどうでもいい。この人は？」義弘が芹沢を睨みつけた。

「そんなこと、あなたに答える必要ない」

雷鳴が轟いている。

「芹沢と言います。食事とカラオケの集まりに付き合ってもらったんです」

綾乃は芹沢を見た。「ごめんなさい。その……」

「それじゃ、僕はこれで」

芹沢は小さく微笑むと踵《きびす》を返した。そして大きな傘を広げ、タクシーに戻っていった。

綾乃は義弘を無視し、オートロックを外した。

「あいつと付き合ってるのかよ」

「…………」

義弘は綾乃に躰を密着させるようにしてついてきた。

「ストーカーみたい」

「俺がストーカーだって!!」

「大きな声、出さないでよ」

義弘はエレベーターにも乗り込み、部屋のドアを開けると当然のように入ろうとした。

「ちょっと待って。〝入ってもいいですか?〟って断って」

「何だよ、それ」

「他人の家に入る時の礼儀でしょう」

きょとんとした顔で、義弘は綾乃を見つめていた。

「早く言って。言わなきゃ家に入れない」

「入ってもいいですか?」義弘は目をそらし、棒読みの台詞のような調子で言った。

「どうぞ」綾乃は部屋に通した。

義弘がラブチェアーに腰を下ろした。「分かったよ。綾乃はあの男と……」

綾乃は窓の前に立ち、カーテンを開けた。「私、見たのよ。ちょっと前の土曜の午後、よっちゃんが、歳上の女と一緒にタクシーに乗るとこを」口にした途端、悔しさと怒りが胸にこみ上げてきた。

義弘が綾乃に近づいてきた。

「あれは何？　どういうことなのよ！」綾乃は義弘に怒鳴った。「あの女と寝たの？」

「…………」

「馬鹿な質問ね。寝たに決まってるもんね」

「寝てないよ」

「嘘。研修だって私に嘘ついて、会ってた女と寝なかったの？」

「うん」義弘は力なくうなずいた。

「じゃ、あの女は何なの？」

「それよりも、今の男は……」

「私の質問に答えなよ」

高崎に出張に行った時、あるバーであの女と知り合った。女は医者で、病院の経営者でもあるという。

「パソコンのことを訊いてきたから、分かりやすく教えてやった。そしたら、週末東京に出る、その時、ノート型パソコンを持ってくるから、直接教えてほしいって言って……」

「それでホテルに行ったの？」

「最後まで聞けよ。積極的な女でさ、俺とそういう関係になりたかったらしい。どっか悪いとこがあったら診てあげるとも言ってたから」

「それで、パソコンをいじってから、お医者さんごっこしたってこと？」

「ちょっとそういう気分にもなった。けど、やっぱ、やる気がしなくて」

言ったことを鵜呑みにする気はないくせに、綾乃はその言葉を聞いて、ほっとしている自分に気づいた。

「情けない」綾乃は冷たく言い放った。「そこまでいったんだったら、やればよかったのに」

「やらなかったって言ってんだから、そんな言い方ねえだろう」義弘が歯を剝いた。

「どうでもいいけど、愉しかったんでしょう。あの女にへらへらしてたのを、私、見たんだからね」

「ああ、愉しかったよ」義弘が居直った。「俺の話をよく聞いてくれたし、パソコンを彼女の思い通りに使えるようにしたら、すごく喜んでくれたし。お前のパソコン、俺がちゃんとしてやっても、すぐにやり方、忘れるし、やっといてなんて言って、続きもしないビリーズブートキャンプ始めるし」

「また、その話。しつこいんだから。男ならもうちょっと余裕持ったら」

「そういう言い方しないで、素直に謝れよ」

雨は激しく降り続き、雷が鳴っている。

その通りだと思ったが、ごめんの一言が出てこない。唇を硬く結んだ自分の顔が窓ガラスにぼんやりと映っていた。

「あの男のこと話せよ。紳士面したナイスミドルがいいのか」

「よっちゃんみたいなガキじゃない。俺、俺って言わないもん」

「寝たのか」義弘が肩を落としてつぶやくように言った。

「三回しか会ってない」

「会った回数なんか訊いてねえよ」

「私、そんなにすぐに寝る女じゃないのは知ってるでしょう。そうだったら、よっちゃんとなんか、とっくの昔に別れてる。私から誘惑して寝ておけばよかった。そしたら、こんな喧嘩もせずにすんだし」

沈黙が続いた。雷鳴すら、その沈黙を冒せない。

義弘の息が震えている。「俺、やっぱ、お前と一緒にいたい。たとえ、あいつと寝てても、俺、お前を離さない」

綾乃の目に涙が溢れてきた。

稲妻が縦に走り、暗い空が黄金色に割れた。

煮詰まって膨らんでいたものが、一気に弾け飛んで、綾乃は素直な気持ちで義弘の胸に飛び込んでいった。

画用紙の中の空

千鶴子《ちづこ》はベッドに仰向けに寝転がったまま、窓の外に広がる空を見つめていた。窓枠に限られた空はあくまで青く、雲の影すら見えない。

晴れ渡った空は気分をよくするものだが、千鶴子にとっては違う。青空が空虚なものに思えるのである。それはとりもなおさず、千鶴子の気持ちの表れでもあった。

ドアが開いた。

堀口尚史《なおふみ》がドアの隙間から千鶴子に微笑んだ。「朝食、もうじき出来あがっちゃうよ。早く起きて」

「はーい」

千鶴子は躰《からだ》を起こした。

テーブルの上に置かれっ放しになっていたシャンパンのボトル、食べ残したチーズやキャビアはすべて姿を消していた。

千鶴子は、寝室の中にある洗面所に向かった。シャワーを浴び、簡単に化粧をすませてから服を着た。ミュールを引きずるようにして食堂に向かう。

「おはよう。ごめんね。寝坊しちゃって」千鶴子も笑みを返した。

「いつものことじゃない」尚史はポットを手に取り、カップに紅茶を注いだ。クロックムッシュウに野菜サラダが用意されている。

食堂にはカエターノ・ヴェローゾの歌声が静かに流れている。窓際に置いた黒いポータブルスピーカーに、尚史のｉＰｏｄが差し込まれている。

千鶴子は芝公園近くの超高層マンションに住んでいる。勤め先は外資系証券会社の調査部。アナリストのひとりとして働いている。成果主義の会社だから、大変厳しいが、うまくいけば、ＯＬでは考えられない収入を得られる。

東京の一流大学を出てアメリカの大学に入り直し、帰国するとやはり外資系の銀行に勤め、数年後、今の証券会社に転職した。歳は三十三歳。高校の時、ミスに選ばれたほどの美人で、父親は精密機械メーカーの社長である。

これだけ揃っていれば、さぞかし素敵な男に巡り合ってきたろうと、周りの女に嫉妬の目で見られてきたが、実際はまったく違う。言い寄ってくるのはプレイボーイを気取った安っぽい男ばかり。自分の好きなタイプの男には声をかけられたことがない。積極的な千鶴子は自ら白黒をつけにいったこともあった。しかし、ことごとく相手に引かれてしまった。恋から遠ざかった彼女は、次第に自らを華やかに演出してみせるようになった。

土曜日の朝まで、仕事で香港にいた。成田に迎えにきた尚史の車で都内に戻り、千鶴子のマンションに一旦落ち着いてから、タクシーで西麻布《にしあざぶ》の隠れ家的レストランに出かけた。ＩＴ関連の会社を若い頃に立ち上げた尚史との会話は、どうしても金融や経済のことばかりになる。ヴェトナム株がどうしたとか、団塊マネーの動きとか……。

千鶴子にとって尚史の考えや見通しは、おおいに興味の持てるものだから、話は尽きなかった。

食事を終えると、千鶴子のマンションに戻った。千鶴子は滅多に尚史のところには泊まらない。化粧道具を持っていくのは面倒だし、自分の住まいの方が寛《くつろ》げるのである。

シャンパンが抜かれ、彼が食品輸入業者から手に入れたという、とっておきのキャビアを食べた。大きな窓の向こうに広がる夜景も含めて、ドラマのワンシーンのような夜が、いつものように展開された。

旅の疲れは感じず、眠気もまったく起こらない。ぴんと張ったピアノ線みたいな神経が躰を保たせているらしい。

シャンパンとキャビアに飽き、金にまつわる話が尽きると激しく抱き合った。

煙草も吸わず、ジムで鍛えている尚史の躰は逞《たくま》しい。東大では野球部だったという。

付き合って二年。尚史は今年三十八歳になる。

尚史と付き合うまで、千鶴子は女の悦《よろこ》びを本当には知らなかった気がする。

話題に事欠かず、社会的にも成功し、雄としての力もあり、その上、俳優だったら渋い役どころがぴったりの美男である。

申し分のない男だが、千鶴子は彼と一緒になるつもりはない。おそらく、尚史も同じような思いを抱いているらしく、結婚の話が、彼の口から出たことは一度もない。

千鶴子は自分の作ったイメージを崩さず生きてきた。尚史も同じである。女の悦びを知った後も、千鶴子はベッドの中でさえ演技をしている自分を発見することがある。千鶴子を喜ばせようとしている尚史からも、ふとした瞬間、同じニオイを嗅ぎ取るのだった。

言い寄ってきた男たちの中で、安っぽさを感じさせず、すこぶるスマートに、自分を演出できる男は尚史だけだった。彼は自分が〝偽物《フェイク》〟だと知っている。千鶴子と同じように。

こうやって、似たもの同士のふたりは、泥臭い人間関係とは無縁な付き合いを始めたのである。

ある時、千鶴子はベッドの中で彼に言った。「尚史って、ナルシストだよね」

「千鶴子に言われたくないよ」

「女からナルシシズムを取ったら死んじゃうよ」

「学生ん時に読んだ本に、人間はナルシシズムを持てなかったら、生きていけない生き物なんだって書いてあったよ。言われてみればそうだよな。鏡を見る動物って人間だけだからね」

こうやって切り返してくる尚史が、千鶴子は好きである。

朝食を用意してくれることも、忙しい時間を縫って成田まで迎えにきてくれることも、すべて彼が勝手に描いた物語のひとつだと思えばいい。男優がスクリーンの中で〝いい男〟を演じているようなものだと考えれば、千鶴子も、それに合わせて〝いい女〟を演じればいいだけの話である。

尚史との付き合いは、ディープな〝ごっこ〟なのだ。

「今日は何をやってすごすんだい？」食後、尚史が訊いた。

「出張旅費の精算とか、報告書作りとか……」

「お互いに忙しいなあ」成功者の余裕の笑みが口許に浮かんだ。「俺はこれから、ちょっと人に会わなきゃならない。夜にももう一件、予定が入ってる。本当は千鶴子と夕食を共にしたいんだけど、とても無理だなあ」

「心配しないで。今夜はゆっくり休むつもりだから。明日は、会議で戦わなきゃならないかもしれない。英気を養っておきたいの」

「敵は女？」

千鶴子は黙ってうなずいた。

「女の戦い。男よりも熾烈《しれつ》そう」尚史は、大袈裟に怖そうな顔をして肩をすくめた。

尚史が出てゆくと、千鶴子は書斎に入り、仕事を始めた。しかし、集中力に欠けていた。

窓辺に立った。空に向かって、何棟もの高層ビルが建っている。建設中のものも見える。大きな雲の塊が、輪郭を失った小さな雲を追うようにゆっくりと右から左に流れている。ベッドから見た青空よりも、雲が流れる空の方に親しみが湧く。ビルの間に公園がある。ぴんと枝を伸ばした梅が風に揺れているのがかすかに見えた。

千鶴子はオペラグラスを持ってきて眼下に目を向けた。日曜日とあって車の行き来は少なく、通行人の姿もまばらだった。

春まぢかだが、量感を失った通行人の服装は未だ冬の中だ。

ベビーカーを押した夫に妻が寄り添っている。ベビーカーが止まった。母親が赤ん坊に話しかけている。赤ん坊が泣きだしたのかもしれない。父親も顔を寄せて子供に何か言っている。母親が子供を抱いた。親子は再び歩き出した。父親は空になったベビーカーを押し、母親は子供をあやしている。

小さな幸せを目で追いながら千鶴子は思った。自分にはああいう生活はできない。

親子が視界から消えた。瞬間、自分が嫌な女だと自己嫌悪に陥った。女王様気取りで、風の音すら聞こえてこない三十二階の窓ガラスから、下界を見おろしている自分は一体、何者なのだ。


その夜、出かけるつもりはなかったのに、千鶴子は六本木にあるオープン・カフェにいた。金のないカップルや得体の知れない外国人が溜まる店である。

帰国子女である千鶴子は、こういうチープな店が嫌いではなかった。日本もやっと、無国籍のニオイを発するようになったことを喜んでいた。

ナンパしたくて堪《たま》らなそうな黒人の濡れた視線を浴びながら、利恵子《りえこ》を探した。

利恵子は奥の席にいた。男がふたり、利恵子を囲んでいる。彼らの真ん中にはチリワインが置かれていた。

千鶴子の頬がゆるんだ。

利恵子だけではなく、アンチョビのピザを前にしている男ふたりも、千鶴子の高校の同級生なのだ。ひょろりとした男が谷口由隆《たにぐちよしたか》、小太りの方が徳山信治《とくやましんじ》。

「お久し振り」千鶴子が男たちに挨拶した。

徳山が丸い顔をさらに丸めて微笑んだ。「久しぶり。何年ぶりかな。大学の時に会ったきりだから、十年以上会ってないか」

千鶴子は自分で椅子を引いて、谷口の横に腰を下ろした。

「相変わらず綺麗だね」徳山が続けた。

「ありがとう。でも、歳には勝てないわよ」

「それを言うんだったら、俺を見ろよ。ますます太ってさ、メタボリック対策で生きてるようなもんだよ」

谷口由隆は挨拶をしたっきり、口を開かない。

千鶴子は利恵子に目を向けた。「何があったの？」

夕方、利恵子から電話があった。ちょっと話があるから会ってほしいと真面目な声で言われた。

高校時代の友人で、今でも親しくしているのは利恵子だけである。

利恵子は都内にある私立高校で国語を教えている。金融にはまったく興味がなく、株も競馬競輪と同じものだとしか思っていない。そう決めつけることに異論はあるが、まったく間違っているとは言えない。

生き方はまったく違うのだが、千鶴子が心を許せるのは利恵子だけである。どちらかというと、千鶴子の聞き役が利恵子で、利恵子は滅多に、千鶴子に相談事を持ち込んでこない。

そんな彼女から、真面目な話があると言われたら、どんなに疲れていても断る気にはなれなかった。

しかし、がっかりした。高校のクラスメートと会っているのがサプライズだったとは。

徳山がワインを注いでくれた。

千鶴子は煙草に火をつけた。「このメンバーで集まってるのには、何か訳があるんでしょう?」

利恵子が照れ臭そうに笑った。十歳は若返って見える笑みだった。

「私と徳山君、結婚することになったの」

「え!」千鶴子は利恵子をまじまじと見つめた。「水くさい。私に何も言わないなんて」

利恵子はにやにやするばかりで弁明する様子も見せない。

「おめでとう」千鶴子は利恵子と徳山を見て、テーブルに置かれていた彼らのグラスに、自分のグラスを軽くぶつけた。「で、いつそうなったのよ」

「よくあるパターンだけど、この間のクラス会で」

通知は来ていたし、利恵子からも誘われたが、端《はな》っから出席する気はなかった。

クラス会が終わった後、利恵子がしきりにクラスメートの話をしていたのは覚えている。徳山は、父親が急死した後、家業である電気工事関係の会社を継いだ。谷口は画家になった。芸大を何度も受験したが希望は叶わず、何年かアメリカで暮らし、向こうで認められて凱旋帰国したという。

「クラス会から、そんなに経ってないよね。電撃結婚ね」

「急にそうなっちゃったから、あんたに話す暇がなかったの」

「千鶴子は冷たいよな。みんな我が高校のミスに会えるのを愉《たの》しみにしてたんだぜ」徳山が言った。

「ごめん。出たかったんだけど忙しくて」慌てて、千鶴子は言い訳をした。それから、谷口の方に目を向けた。「谷口君にもおめでとうを言わなくっちゃ。利恵子から聞いたよ。アメリカで成功したんだってね」

「ありがとう。でも、利恵子ちゃんの言ったことは大袈裟だよ。ちょっとチヤホヤされただけ」

千鶴子は、高校の時、由隆が好きだった。由隆はあまり人付き合いをしない優等生で、絵は抜群にうまく、いくつも賞をもらっていた。

由隆にはガールフレンドがいないようだった。千鶴子は、ある日、思い切って近くのファミレスに彼を呼びだし、手紙を渡した。

彼からしばらくして手紙がきた。お付き合いするつもりはない、と婉曲に書かれてあった。女の生徒から焼き餅を焼かれ、イジメに近い仕打ちを受けるほど男子生徒に人気があったが、好きな男子に相手にされなかった千鶴子は深く傷ついた。

その男が目の前にいる。徳山は、ちょいワルオヤジ風の恰好をしているが、由隆は、普通のデニムにオレンジ色のセーター姿だった。少し背中が曲がっている。そう言えば、高校生の頃から姿勢はよくなかった。

今だったら、自分を受け入れるだろうか。そんな思いがちらりと脳裏をよぎった。

「谷口君は結婚したの？」

「バツイチだよ」由隆が薄く笑った。

「こいつ、アメリカ人と一緒になったけど、別れちゃったんだよ」徳山が口をはさんだ。

「徳山君と谷口君って、昔からそんなに仲良かったっけ。そういう印象ないんだけど」

「あの頃は、そんな付き合いはなかったよ」徳山が続けた。

「ニューヨークにいた時、こいつから突然、そっちに旅行で行くから案内してほしいって手紙が来たんだ。断るのも何だから、案内してやった。それが縁だったな」由隆が懐かしそうな表情で徳山を見た。

「高校時代の由隆はさ、何かとっつきにくいとこがあったけど、向こうで会ったら、全然違ってた。本当に親身になって世話してくれたんだ」

「信治って図太いよね。自分の都合で、とっつきにくかったクラスメートにも手紙を出しちゃうんだから」利恵子が言った。

「図太くなきゃ、中小企業の社長なんかやってられないよ」

文学少女だった利恵子と、明るいだけが取り柄だった徳山が結婚する。このカップルはうまくいきそうな予感がした。

「谷口君の作品、観てみたいな」千鶴子が言った。

「高校時代は具象画を描いてたでしょう。でもアメリカに渡ってポップアート風のものに作風が変わったのよ」利恵子が教えてくれた。

「観たい、観たい」

千鶴子は少女の頃に戻ったような気分で言った。

「と言われても、今、個展をやってるわけじゃないし……。パソコンに写真を送っていいかな。多少、色合いは違うかもしれないけど、どんなものを描いているかは分かるよ」

千鶴子は由隆とパソコンのメールアドレスを交換した。

由隆から、作品の写真が数枚、パソコンに送られてきたのは、翌日の夜だった。

オレンジ色が基調になった作品がほとんどだった。ゴーギャンのオレンジ色に似ているが、それよりも少し淡い色遣いに思えた。油絵だが、利恵子が言っていた通りポップアート風である。しかし、それだけではない。何となく和の雰囲気もした。それが、彼の絵の長所か短所かは分からないが、千鶴子の好みの絵であることは間違いなかった。

すぐにメールを送った。好きな絵だったから頭を悩ませることもなく、素直に称賛できた。

しばらくして返信が届いた。

『褒《ほ》めてもらって嬉しいよ。今は、次の個展に向けて新しい作品を描いているところ。しかし、千鶴子ちゃんは、いくつになっても変わらないね』

千鶴子は〝いくつになっても変わらないね〟というフレーズに拘《こだわ》った。

高校の時、彼に振られている。昔と変わらないということは、今も自分に興味が持てないと言われたような気がした。

利恵子の携帯を鳴らした。呼出音はするものの利恵子は出なかった。

シャワーを浴びてベッドに入った時、尚史から電話がかかってきた。

「今、うちの社員たちと、千鶴子のマンションの近くのバーで飲んでるんだ」

「どこ?」

尚史が店の名前を告げた。知らないバーだった。

「ここが退（ひ）けたら、寄っていいか」

「へとへとで、ベッドに入ったばかりなの」

「そうか。じゃ、諦めるしかないな」残念そうな声だったが、尚史はあっさりと引いた。

由隆のことが頭の隅から消えない。高校の時から絵描きを目指し、現在、売れているのかいないのかは判然としないが、それでもプロになった。見たことも触ったこともない、べらぼうな金額を動かしている千鶴子は、ひとりカンバスに向かっている由隆の姿を想像すると、牧歌的な草原を思い浮かべているような気分になった。

利恵子から電話が入った。呼出音が聞こえなかったのだという。

「今日はね、彼の家で食事をしてたの」利恵子の声が弾んでいる。

「あんたが徳山君と結婚するとはねえ」

利恵子がころころと笑った。「私もびっくりしてる」

「でも、ともかく、よかった。披露宴はどうするの？」

「親しい人だけを呼んで、こぢんまりとしたパーティーを開こうと思ってる。派手なことはふたりとも嫌いだし、お金もないから」

「プレゼント、何がいい？」

「現金」利恵子はからっとした調子で言った。「お金持ちからは、ふんだくることにしてるの」

「嫌な女」

「あんたに言われたくないわよ」

本気とも冗談ともつかない棘《とげ》のある会話だが、それでふたりの仲が崩れることがないのは、お互いに分かっている。

「それで、何か用があったの」

「別に」

「谷口君の絵観た？」

「観たよ。昔と随分、タッチが変わってた。あんなにオレンジ色に拘るのは理由があるんだろうね」

「はっきりした理由なんかないんじゃないの。心を捉えた色がオレンジだった。それだけだと思うけど」

「そうね。理由なんか探しても、絵を鑑賞するのには意味がない」

「千鶴子、どう思った？」

「何が？」

「谷口君のことよ。あんたが好きだった男じゃない」

「うーん。今でも惹《ひ》かれるとこあるかな」

「マジで？」

「でも、彼は昔と同じように私には興味がないみたい」

「それとなく、信治を通じて探ってあげようか」

「余計なことしないで。私、彼を誘ってみようかと思ってるの」

「再チャレンジするの、へーえ。そういうとこが、千鶴子のすごいところね。私なんか、絶対に自分から男に寄ってけないもん」

「相手が振り向いてくれないんだから、こっちからアクションを起こすしかないじゃん」

「まあ、そうだけど、そうデジタルには、私なんか考えられない」

「男に生まれればよかったって思うことあるよ」

「その通りだと思う。ともかく、うまくいくことを願ってるね」

利恵子と話し終えた千鶴子はベッドから起きだし、ソファーに腰を下ろした。

自分は、結果がはっきり出るものが好きである。もしもはっきりしないものがあれば、自らはっきりさせにいく。どうしてそういう性格になったのか、千鶴子は考えた。

千鶴子の父は厳格で几帳面な男である。門限を一分でも遅れると、玄関の鍵を閉めてしまうし、額縁が曲がっていると、真っ直ぐになるまで何度でも直した。母も同じように曖昧《あいまい》なものを嫌う性格で、家計簿の端数が合わないと、難しい顔をして何度でも計算し直していた。弟はそんな両親に反抗した時期もあったが、最後は親に屈服し、父親の会社に就職した。

千鶴子は、ハーレクイン小説を読んで白馬の騎士を求めた時期がなかったわけではないが、現実には、何事においても白黒をはっきりさせるのが大好きな合理的な女に育った。両親の影響から抜けでられなかったということだ。

両親の生真面目な性格を受けついだのだろうが、生真面目さは時として弱さとして現れることを、男関係を通じて知った。

恋は実に曖昧で不条理なものだ。ロマンチックな男だろうが、性愛を武器に迫ってくる男だろうが、どちらにしろ、男との付き合いは、すぐに答えが出るようなものではない。結婚が答えだと信じ込んでいる愚かな女がいるが、千鶴子は、そんな女を半ば馬鹿にし、半ば羨ましくも思っていた。

火遊びはどうだろう。初めから結果が分かっているのだから、はっきりしている関係である。だが、千鶴子があまりにもあっさりと、まるでテレビゲームのスイッチを切ってしまうように終わりにしてしまうので、男の方が後を引き、ぐずぐずと電話をしてくることが多々あった。それで火遊びにも嫌気がさしてしまったのである。

そんな付き合いをしているくらいなら、刻々と目に見えてその値が変わる株の方が、たとえ失敗しても納得ができるものとなった。

株を扱うことにのめり込んでいけばいくほど、男が近づいてこなくなった。

ある時、利恵子が言った。

「高学歴、高収入、美人。そんなあんたに言い寄る男は滅多にいないよ。男って、自分より偉い女と一緒にはなりたくないもんなのよ。お姉様に憧れる年下の男だったら別かもしれないけど」

そんなことを言われた矢先、尚史が出現した。最初から、お互い、ゲームをやっているような感じがした。火遊びとは違う真摯《しんし》なゲーム。社交とレトリックという技巧が先にある男と女の関係は、恋をして結婚するということしか考えていない女から見れば曖昧なものに思えるだろうが、千鶴子にとっては、それはそれではっきりした形のあるものなのだ。不安定は曖昧とは違うのである。

しかし、このところ何となく、尚史との付き合いに翳《かげ》りを感じ始めていた。最新技術の粋を集めた建築物もいつかは色褪《あ》せ老朽化するように。

初めて自らが結果を問うた恋。それが由隆に対するものだった。同じ相手にもう一度、問うてみたくなったのは、三十三歳になった由隆に再び恋心を抱いたからだ。が、深いところで、尚史との関係に倦《う》んできていたからだったのかもしれない。

千鶴子は書斎に移り、由隆にメールを送った。

『さっそく返信してくれてありがとう。久しぶりに会えて本当に懐かしかった。せっかく再会したんだから、たまにはご飯でも食べない？　さっそくだけど、今週の土曜日、空いてないかしら。空いてたら会いたいんだけど。私のせっかちなところも、昔と同じでしょう（笑）。返事を待ってます。千鶴子』

末尾に携帯の番号を添えた。

送信したら、返信を待つ気持ちが生まれた。メアリー・J・ブライジのバラードを聴きながら、赤ワインのハーフを開けた。

ボトルが空になった。しかし、由隆からの返信はなかった。


登録されていない番号から千鶴子の携帯に着信があったのは翌日の午後だった。会議が終わってから留守電を聞いた。

「ごめん。昨夜は出かけていたから、メールに気づかなかった。土曜日の件、喜んで受けます」

千鶴子はすぐに由隆に電話をした。

土曜日が待ち遠しかった。こんなに浮き浮きするのは久しぶりのことだった。

尚史からも今度の土曜日に会わないかという誘いがあった。

「高校のクラスメートに会うの」

「そう」尚史の声が少し沈んだ。「適当に付き合って、抜けだしてこいよ」

「利恵子、知ってるでしょう。クラスメートのひとりと結婚することになったの。前祝いをやるから抜けられない」

自然に気が進まないような口ぶりになっている。我ながら、演技が上手いと思った。

待ち合わせの場所を決めたのは千鶴子だった。西麻布や南青山といった、普段よく足を運んでいるエリアは避けた。一度、仕事関係者に連れて行かれた四谷三丁目の小料理屋の座敷を予約しておいた。

由隆は青いセーターにワークパンツ姿で現れた。千鶴子はオレンジ色のカットソーを着ていた。彼の絵の色遣いを意識したのだった。

由隆は彼女のカットソーをじっと見つめたが、何も言わなかった。

ビールで乾杯した。

「作品、本当によかったよ」

「ありがとう」由隆は照れ臭そうに笑った。

由隆は少年時代の面影を色濃く残していた。利発な少年の澄んだ目も、はにかんだような笑みも昔のままである。変わった点と言えば、研ぎ澄まされた刃のような雰囲気がなくなり、やさぐれとまではいかないが、優等生のニオイが消えたところだろうか。

「私が株の仕事をしてることに驚いた？」

「いや。千鶴子ちゃんらしいと思ったよ」

「そう？　私、すごく変わったって自分では思ってるんだけど」

「だって、昔からはっきりしてる人間だったじゃない。数字の世界に向いているってことだと思うけど」由隆は穴子のサラダに箸をつけた。

「ニューヨークには何年いたんだっけ」千鶴子が訊いた。

「四年半」

「向こうで認められるなんてやっぱりすごいよ」

「この間も言ったけど、一時もて囃《はや》されただけ。今は個展をやってもちっとも売れないよ。日本での評判は今ひとつだし。でも、強がりじゃなくて、それでも好きなものを描いていこうと思ってる」

「写真じゃなくて、本物が観たいな」

「今度、家に遊びにくればいい」

「本当に行っていいの？」

由隆が怪訝《けげん》な顔をした。「もちろん。ボロ家だけどね」

由隆は大田区羽田の借家に住んでいるという。

「千鶴子ちゃんはすごいマンションに住んでるんだってね」

何と答えたらいいのか言葉に詰まった。大したことない、と言うのも、そうだと答えるのも嫌味である。

「見栄張ってるの。周りにそういう人が多いから」

由隆が小さく笑った。

「嫌な女だって思ってるんでしょう？」

「全然。生き馬の目を抜く業界で頑張れるなんて、すごいなって感心してる」

「本気？」

「もちろん。僕のような仕事は、どんなに売れなくても作品がある。それがあるから、自分を慰めることもできる。だけど、金融は違うよね」

千鶴子は突然、あることを思いだした。

「谷口君のお父さんって証券会社に勤めてたんじゃなかった？」

「そうだよ。千鶴子ちゃんを見てると、証券マンだった頃の親父のことを思いだすよ」

「お父さん、今は何してるの？」

「自殺した。違法なことをやって、それで追い詰められてね」

「そう。お父さんが自殺……」

「女ってそういう時でも自殺しないよね。男の方が強がってても弱いんだって、思い知らされたよ」

由隆は、刺身の盛り合わせにしろ、甘鯛の味噌焼にしろ、何でもおいしそうに食べた。

千鶴子はアメリカのことを話題にした。

四年半もニューヨークで暮らせたのは、妻のおかげだと由隆は言った。お金はなかったが、ブロードウェイを目指していた女優の卵だったから、互いに貧乏に耐えられたのだという。

「どうして別れちゃったの」

由隆は力なく笑った。「僕が売れ出して、ちょっと調子に乗ったから」

「女でも作ったの？」

「いや、そうじゃない。すれ違いが多くなり、売れなかったふたりが自然に作っていた絆が切れてしまったんだよ」

売れないことで、ふたりが支え合ってきた。それが、由隆が脚光を浴びることで崩れた。よくある悲劇だが、千鶴子にはとても羨ましいものに思えた。

自分はそういう体温を感じるような男女の関係を避けてきた。尚史とうまくやってこられたのも、ノーガードで殴り合うような赤裸々な関係から巧みに逃げてきたからだ。尚史も、そういう男だから、暗黙の裡《うち》に互いが共犯関係になっていたということだろう。

食事が終わり、もう一軒、飲みに行こうということになった。

財布を出そうとした千鶴子を由隆が制した。男の矜持《きょうじ》があることが嬉しかったが、無理をしているのかもしれないと心配になった。裕福だということが、こんなに邪魔になったことは初めてだった。

「いつもは、どの辺で飲んでるの？」

「滅多に外では飲まないな」

どこかに連れてって、という言葉を千鶴子は口にできなくなってしまった。

狭い路地を抜けたところにバーがあった。千鶴子は入ったこともないバーに飛び込み、カウンターの隅で由隆とグラスを合わせた。

昔話で盛り上がった。絵が話題になると、由隆は滔々《とうとう》と思いを語った。

「千鶴子ちゃんはどんな絵が好きなの？」

千鶴子は軽く肩をすくめた。「月並みだけど、ゴッホが好きだな、やっぱり。彼の作品だったら、手に入れられるものなら手に入れたい」

由隆の頬がゆるんだ。皮肉な笑みに見えた。

「別に投機買いしたいって言ってるんじゃないのよ」千鶴子は慌てて言った。

「そんなこと思ってないよ」

「なぜ、オレンジ色に拘るの？」訊いても意味のない質問が口をついて出てしまった。

由隆がじっと千鶴子を見つめた。「さあね。自分でもよく分からない」

利恵子が言っていた通りの答えが返ってきた。


由隆に想いを寄せるようになった千鶴子だが、仕事を忘れてしまうようなことはなかった。

中国市場、円の動向、アメリカの個人向け住宅の売れ行きなどなど、あらゆることに目を配り、情報を集め、これから先のことを読もうとした。

尚史と会うと、やはり、金融の話になる。「インドのA社の株は買いだと思う」千鶴子が言った。

「小さな会社だけど、オンライン・ゲームのソフトを開発中らしいの。現地にいるB商社の人間の話だと、かなり出来のいいものを作ってるんだって」

「どのぐらい信憑性のある話なのかな？」

「現地に行って、きちんと調べなければならないけど、しっかりした会社なら、株が安い今のうちに買っておいて、寝かせておく手もあると思うの」

尚史が大きくうなずいた。「千鶴子は結構、目利きだもんな」

「ありがとう」

今までの千鶴子は、そういう話になると止まらなくなった。しかし、その夜は、今ひとつノリが悪かった。

シャンパンの減りも少ない。

「どうしたんだ。いつもの千鶴子よりも今夜は大人しいなあ」

「そう？　疲れが溜まってるみたい」

株の上がり下がりを読むのは実に面白いと思っている。狙いを定めた会社の将来性を見抜くことも必要だし、政治も深く関わってくる。戦争やクーデターなど他国の事情が、大きく株を変動させる場合もある。天候だって無関係ではない。株は生き物のようだ。しかし、結局は、数字が物を言う損得の世界でしかない。

絵の投機買いは昔からあるし、アートビジネスという言葉も奇異に感じられなくなった。金儲けとアートが手を結ぶことを、新しいアートの形と公言して憚《はばか》らない芸術家もいる。

しかし、由隆はそういうこととは無縁で、世界の経済を動かしているアメリカに渡ってポップアートに目覚め、才能を開花させたが、作品に向かう態度はすこぶるオーソドックスな古いタイプの画家のようだ。忙しい世の中から遠く離れて生きている感じもする。

そういう彼と再会して、千鶴子は、曖昧さを許さない数字の世界に少し疲れを感じてきたことに気づいた。

翌週の日曜日、千鶴子は由隆の家を訪ねた。自分の車を使わずにタクシーで向かった。小さな古い一軒家だった。一階に台所と八畳の部屋があった。

由隆は千鶴子を二階に案内した。狭くて急な階段を上がる。そして、右側のドアを開けた。八畳ほどの板張りの部屋が、彼のアトリエだった。

東南角部屋。春を告げる柔らかい陽射しが射し込んでいる。壁には彼の作品が飾られていた。

「コーヒー、それとも紅茶?」

「紅茶にして」

由隆は部屋を出て、下りていった。

描きかけの絵が中央に置かれていた。

利恵子と徳山の似顔絵だということはすぐに分かった。と言っても、普通の似顔絵ではない。かなりデフォルメされていた。徳山は黄色いフラスコに似ている。利恵子はオレンジ色のペットボトルを連想させた。しかし、ふたりの特徴はきちんと摑んでいた。

由隆は盆を両手で持ってアトリエに戻ってきた。

「そこに座って」

勧められるままソファーに腰を下ろした。かなりくたびれたソファーだった。

「その絵、利恵子たちにプレゼントするのね」

「そのつもり。でも、内緒にしておいて」

「分かった。でも、よく特徴摑んでるわね」

由隆は何も言わず、千鶴子の前に紅茶を差しだした。

「ありがとう」

由隆がCDをかけた。マイケル・ボルトンの歌声がアトリエを満たした。千鶴子たちが高校の頃に流行った、『ウィズアウト・ユー』。

「懐かしい」千鶴子がしめやかな声で言った。

由隆はにっと笑って、カップを口に運んだ。

「つまんないこと訊いていい？」

由隆は黙ってうなずいた。

「なぜ、利恵子がオレンジ色で、徳山君が黄色なの？」

由隆が絵に目をやった。「どうしてだろうなあ。説明できないけど、やっぱり、彼女の方がこの場合はオレンジ色のような気がする。でも、似たもの同士って感じだから、親戚の色で描いたんだ」

「反対の色ってあるの？」

「オレンジ色の真反対の色は青、黄色の反対色は青紫」

「喧嘩してる色ってこと？」

由隆は皮肉めいた笑みを浮かべた。「対称にある色ってこと。決して、合わない色同士ってことじゃないんだよ。調和といってもいろいろあるじゃないか。破《わ》れ鍋に綴《と》じ蓋《ぶた》の関係もあれば、まったく性格が違うからうまくいく場合もある」

「そうね」

目が合ったが、由隆の方から視線を外した。千鶴子は立ち上がり壁にかかっている絵を一点、一点、観ていった。

すべて油絵だが、作風は随分違っている。オーソドックスな風景画から、表現主義に近いもの、ポップアートを強く意識した作品もあった。

由隆は何の説明もせずに、ソファーに座ったまま自分の絵を見つめていた。

彼の横顔に色気を感じた。暖かい色の持つ柔らかい色気である。

「何点かは売っちゃったから手許にはないんだ。代わりに絵葉書になっている」由隆が絵葉書を四枚、千鶴子に渡した。

電話が鳴った。由隆が子機を手に取った。

「ハロー……」優しい声で答えてから、彼はアトリエを出ていった。

千鶴子は窓辺に立った。羽田空港を離陸した飛行機が、空に吸い込まれてゆく。

由隆が戻ってきた。

相手は別れた妻かもしれない。だが、訊くのは憚られた。

由隆はざっくばらんに話してはいるのだが、ある一定の距離を保っていた。紳士的な態度が、彼が自分との距離を縮める気がない証《あかし》に思えた。

近くの鮨屋で夕食を共にした。日本酒をかなり飲んだ。

「谷口君、恋人いないの？」千鶴子は真っ直ぐに切り込んだ。

「いないよ」

千鶴子は上がりを飲みながら、さらに由隆の言葉を待った。自分に恋人がいるかどうか訊いてくるかもしれないと思ったが、由隆は何も言わなかった。

「ね、私をモデルに描いてくれない？」

「肖像画を描けっていうこと？」

千鶴子は首を横に振った。「どんな風に描くかは画家である谷口君に任せる」

「困ったなあ」

「どうして困るの？」

「徳山たちの結婚の祝いに、彼らを描くのとは訳が違うから緊張する」

「気楽にやってよ。こういうことを言うと失礼かもしれないけど、画料はちゃんと支払うわ。谷口君に描いてもらった肖像画を部屋に飾っておきたくなったの」

「………」

「気が進まないんだったら、無理にとは言わないけど」

「どんな部屋に飾るの？」

「近いうちに遊びにこない？」

由隆は小さくうなずいた。「その時、千鶴子ちゃんのスケッチをするよ」

積極的なアプローチが功を奏し始めた気がして、千鶴子の心は弾んだ。

「嬉しい、そうして」


その週の半ば、尚史と広尾《ひろお》にあるトラットリアで夕食を摂《と》った。

「千鶴子、最近、表情が柔らかくなったな」

「そう？　普段と変わらないと思うけど」

「変わったって言っても、ちょっとした変化だけどね」

「あなたの方が変わったって気がする」千鶴子は薄く微笑んだ。

「どこが？」

「私の表情のことなんか、これまで気にしたことなかったでしょう。仕事のことで落ち込んでいる時でも、優しい言葉をかけてくれたこともなかったよ」

「俺も自分のことに必死で、気づかなかったかもしれないけど、そういう風に他人に先回りされ、心の中を覗かれるのが好きじゃない女だって思ってたけど」

「そう思うんだったら、前のように放っておいてほしいなあ」

尚史は千鶴子から目をそらし、薄く笑った。そして、ワインをゆっくりと口に運んだ。

自分の態度の変化を気にしているらしい。ふたりの間に距離ができたことも感じ取っている。

素敵なレストランで、美味しいものを食べ、高級なワインを愉しみ、複雑なゲームの先を読むように株の動きについて話し、濃厚なセックスをする。

暗黙の裡に、ふたりで作り上げたスタイルが崩れるのではないか、という思いが、尚史の言葉に表れている気がする。それは彼の不安から発されたものには違いないが、どれぐらい不安なのかは定かではない。

自分が、尚史に別れを告げたら、彼はどんな態度を取るだろうか。これまでの立ち居振る舞いからは考えられないような行動に出て、泣きすがって一緒にいてほしい、と言うかしら。おそらく、そんな態度は取らないだろう。

そういう態度を取ったら、彼の魅力はすべて消えてしまって、ただの人になってしまう。尚史との関係においては、別れの形すら、ふたりで作り上げた〝美学〟を貫いてほしいという、不遜な希望を千鶴子は抱いているのだった。身勝手な想像。自らを笑うしかなかった。

その夜も、尚史は千鶴子の部屋に泊まった。いつものように激しく抱き合った後、千鶴子はシャワーを浴びた。寝室に戻ると、裸のまま尚史が、壁に向かって立っていた。

由隆からもらった四枚の絵葉書を額縁に入れて飾ってあったのだ。

千鶴子が部屋に戻ってきたことに気づいても、尚史は絵葉書を見つめていた。

ソファーに腰を下ろした千鶴子は、アイスペールからシャンパンのボトルを取った。氷が溶けて、ボトルが濡れていた。

「誰の絵？」

「高校の時の同級生。この間クラスメートと会ったって言ったでしょう。そのうちのひとりが画家になってたの。その絵、どう思う？」

「悪くないけど、インパクトに欠けてるね。俺だったら、オレンジじゃなくて赤を使うな」

由隆の絵を貶《けな》された千鶴子は、ちょっと腹が立った。


由隆が、千鶴子の部屋にやってきたのは、三月の終わり。澄み渡った空が広がる気持ちのいい日だった。

尚史はアメリカ出張で日本にはいなかった。

「いらっしゃい」千鶴子はドアを開けた。

「この部屋に辿りつけないかと思ったよ」

千鶴子のマンションはセキュリティが非常に厳しい。まずエントランスで管理人に来訪先を告げる。管理人が住人に確認を取る。それから中に入ると、再びドアがある。インターホンに部屋番号を打ち込むと、住人が解錠するシステムなのだ。

由隆は、部屋番号を忘れてしまってインターホンを押せなかった。携帯で千鶴子に訊こうとしたが、電波状況が悪く、エントランスまで戻って、管理人を通して、再度、千鶴子と話さなければならなかったのだ。

居間に通し、紅茶を淹《い》れた。

「すごいところに住んでるって聞いてたけど、ここまでとはね」

「私、株屋だから」千鶴子は軽い調子で言って笑った。

家具にしろ調度品にしろ、一流のものを置いてある。しかし、シャンデリアにヨーロッパの骨董家具というような、一時代前のスタイルではない。無機質ですっきりした現代調である。イタリアなどの国を旅行した際、いろいろな店を回り、少しずつ集めて、現在の形になった。

由隆は居間の中を歩き回ってから、窓辺に立った。

「やっぱりこれだけ高いと、眺めがいいな」

「そうでもない。ここと同じような建物がどんどん建つから、最後には、超高層ビルの長屋みたいになっちゃうかもしれない。利恵子はこの部屋があまり好きじゃないのよ。素敵な部屋だけど居心地はそんなによくないんだって」

「彼女とは本当に仲がいいんだな。そこまではっきり言える関係って珍しい」

「谷口君はどう思う？」

「落ち着ける部屋だよ。それに、千鶴子ちゃんらしい感じもする」

「どういうところが」

「カンセイと官能性のドッキング。〝カンセイ〟の〝カン〟は感受性の〝感〟じゃなくて、乾いてるの〝乾〟だよ」由隆はそう言って窓辺を離れ、スケッチブックの入ったケースを開けた。

「乾性と官能性か」千鶴子は首を捻《ひね》るしかなかった。

「そこに座って」

千鶴子は言われた通りソファーに座った。

由隆がスケッチを始めた。いろいろなポーズを取らされた。

スケッチをしている由隆を眺める。実に淡々とした感じで鉛筆を走らせている。乾性と官能性のドッキングが自分の肖像画のテーマなのだろうか。

「ベッドに寝転がってくれるかな」

「いいわよ」

千鶴子は彼を寝室に案内した。

画家とモデルが関係を持つというのは、現実においてもフィクションにおいても、あまたあることだ。しかし、由隆からはアプローチしてくる気配すら感じられない。街頭の似顔絵描きが筆を走らせているのとどこも違わない。

この男は、どんなセックスをするのだろうか。獣性をむき出しにして迫ってくる感じはしない。いや、分からない。別れた妻はアメリカ人だった。すべてのアメリカ女が、性に対して貪欲だとは限らないが、薄味が好みとは考えにくい。剛胆ではないがしなやかな官能を女にあたえる男かもしれない。

飢えているわけでもないのに、由隆の肉体を想像して愉しんだ。由隆は、鉛筆を走らせながら、自分を裸にしているかしら。

そんなことを考えているうちに、時間はどんどん経っていった。

モデルという仕事が実に辛抱のいるものだということを痛感させられた。

「ね、一休みして飲まない？」千鶴子が誘った。

「もう終わるから、ちょっとそのままでいて」

千鶴子は言われた通りにした。ほどなく由隆が鉛筆をおいて溜め息をついた。

「終わり?」

「うん」

「見せて」

「飲みながら見せるよ」

「何飲む?」

「何でもいいよ」

千鶴子はとっておきの白ワインとチーズを用意した。居間に戻る気はなかった。寝室のソファーで横に並んで、グラスを合わせた。

「早く見たい」

由隆は黙ってスケッチブックを千鶴子に渡した。

一ページ目から、千鶴子は期待を裏切られた。微細な部分まで正確に描かれていたが、斬新なところは何もなかった。

「すごいデッサン力ね。でも、もっと違うタッチで描くんじゃないかって思ってた」

由隆が白ワインを口に運んだ。「千鶴子ちゃんを前にしたら、植物を丹念に描いてるような気持ちになってね。できるだけ正確に写すことに努力したんだ」

千鶴子はもう一度、スケッチを見た。そう言われて見てみると、植物画を見せられているような気分になった。

「私ってドライフラワーみたいね」

「そう見えるとしたら、画家の腕がよくないせいだよ」

そうは思えなかった。自分の中の空虚なものが描かれている。

さして会話は弾まなかった。いつしか外が薄闇に包まれていた。

ワインを飲むのは千鶴子ばかりで、由隆のグラスは、ゆるゆるとしか空かなかった。

焦れったい。自らベッドに誘い込みたい気分になったが、自重した。

「お腹空いたでしょう？　何か作ろうか？」

「いや、これから友だちに会うんだ」

目の前でぴしゃりとドアを閉められてしまったようなものだ。ショックが千鶴子を襲った。

外まで彼を送ることにした。エレベーターに乗る。

由隆を引き留めたいが手だてがない。エレベーターがどんどん下りてゆく。

気持ちが高ぶってきた。千鶴子はいきなり由隆に抱きつき、唇を求めた。

虚を衝《つ》かれた由隆の背中がエレベーターの壁にぶつかった。

防犯カメラが設置されているのは知っている。しかし、抑えつけられていた感情の方が勝った。

由隆は、千鶴子の唇を避けはしなかったが、反応してはこない。それでも、千鶴子は由隆から躰を離そうとはしなかった。

突然、由隆の腕に感情が表れた。と同時に唇も応えてきた。

舌がもつれ合うような濃厚なキスが続いた。

エレベーターのドアが開いた。由隆が躰を離した。

一階に着いたのだ。ドアの前に立っていた初老の外国人がにこやかに笑って、千鶴子にウインクした。

外に出た。由隆の表情は硬い。

「今度、いつ会えるかな」千鶴子が口を開いた。

由隆が足を止めた。「ごめん」

「何が？」

「キスしちゃったこと」

「え？」

「後でメールする」由隆はそう言い置いて、地下鉄の駅の方に小走りに去っていった。

訳が分からないまま、千鶴子は部屋に戻った。数時間後、由隆からメールが入った。

『千鶴子ちゃん
戸惑わせてごめんなさい。結論から先に言うと、僕は別れた妻と復縁しようと思っています。数ヶ月前からメールや電話で遣り取りをしているうちに、ふたりの気持ちのズレがなくなってきたのです。この間、千鶴子ちゃんが家に来ていたときも、彼女から電話がありました。アメリカで暮らすか、日本で暮らすかは分かりませんが、ともかく、僕たち夫婦の間の埋《うず》み火《び》は消えていなかったのです。

そうであるにもかかわらず、僕はあなたの抱擁を受けてしまった。なぜだか、抑えきれなかったのです。

高校のとき、あなたに手紙をもらった。僕は、あなたの求めを断った。でも、あのとき、僕も本当はあなたが好きだった。しかし、あなたの真っ直ぐでストレートな態度に怖じ気づいて、いい返事ができなかっただけなのです。あなたは高校で一番人気のある女生徒でした。そんなあなたの積極性が、何かのきっかけで僕を嫌になったとき、逆の形で表れるかもしれない。それが怖かった。実に情けない話だけれど、あの頃の僕は恋に臆病でした。いや、今でもそうなのかもしれませんが。

あなたを拒絶しておきながら、人気抜群のあなたから付き合いを申し込まれたことが嬉しかったし、自慢でもありました。

僕に手紙を渡したとき、あなたが何を着ていたか覚えてないでしょうね。

オレンジ色のセーターだったんですよ。

アメリカに渡ってからも、絵描きとして悩みを抱えていた僕でしたが、ふとしたきっかけで、あなたの力強い眼差しとオレンジ色のセーターを思いだしたんです。画家として少しだけですが認められたのは、あなたのおかげかもしれません。

今日、あなたのスケッチを何枚も描いたのは、もうあなたの肖像画を描く時間がないからです。来週には一度、ニューヨークに戻ります。徳山と利恵子ちゃんの結婚披露宴にも出られないでしょう。

近いうちに、スケッチブックをお送りします。

千鶴子ちゃんは、決してドライフラワーのような女ではありません。強靭《きょうじん》で真っ直ぐな素晴らしい女性だと思います。

今日の失礼を、改めてお詫びします。

谷口由隆』

千鶴子に涙はなかった。ただぼんやりとして、しばし、パソコンの前から離れられなかった。冴え冴えとした心は、酒を飲んでも簡単には消えなかった。

エレベーターの中だけの恋。そう思った瞬間、笑みがこぼれ、同時に目頭が熱くなってきた。

二日後、由隆からスケッチブックが送られてきた。しかし、すぐには包みを解かなかった。

数日後の朝、ベッドでスケッチブックを開いた。正確すぎるスケッチに、自分を見たような気がした。

ベッドに仰向けになった。窓の向こうに雲ひとつない青空が広がっていた。

千鶴子は空をしばし見つめていた。それから再び、スケッチブックを広げ、何も描かれていない真っ白なページに目をやった。

鉛筆を走らせていた由隆の姿が脳裏に浮かんだ。

その途端、真っ白な画用紙に、オレンジ色が浮かび上がってきた。

どうして、こんなことが……。

訝《いぶか》っているうちに、オレンジ色は消えた。

再び青空を見た。

オレンジ色の真反対にある色が青だと、由隆が言っていたのを思いだしたのだ。

もう一度、白い画用紙を見つめ直すと、再びオレンジ色が現れた。

何か法則があるらしいが、そんなことはどうでもよかった。

虚しさを煽《あお》るだけの青空が、白い画用紙に、由隆の大好きなオレンジ色を浮かび上がらせる。それが日の出のように見えてきた。

心がすっと軽くなった。

スケッチブックを閉じた瞬間、携帯が鳴った。

尚史がアメリカからかけてきたのだ。

これからも似た者同士である尚史と技巧的で洒落《しゃれ》た付き合いをしていくのだろう。

「明日の日曜日、帰るよ」尚史が言った。

「成田まで迎えに行くわ」

「どうしたんだい？　そんなこと言ってくれたの初めてだな」尚史がびっくりしていた。

画用紙に浮かび上がったオレンジ色の空が、自分を変えそうな予感がする。

経済の動向を読むように、自分の心の動きを予想してみようか。

電話を切った千鶴子はにやりとし、いかにも芝居めいた感じで肩をすくめた。

鈴の響く空

父、善太郎《ぜんたろう》が心筋梗塞であっけなく他界したのは、春浅い、雨の日のことである。

死因は動脈瘤破裂。父が倒れた時、頼子《よりこ》は外出していた。遅く帰宅したのだが、父の寝室から灯りがもれていたので、のぞいて見ると、父がベッドの脇に俯《うつぶ》せに倒れていたのである。

通夜と葬儀は気丈に振る舞えたものの、父の不意の死に、頼子は、しばらく何も手につかなかった。

頼子の父は、隅田川と荒川に挟まれた下町で開業医を営んでいた。専門は内科と小児科。看護師はおらず、受付の馬場昌代《ばばまさよ》さんと父しかいない、本当に小さな病院だった。患者の話をよく聞く医者で、ゆったりとした話し方だが判断力は抜群だった。その上、往診も厭《いと》わなかったので、近所の評判はすこぶるよかった。

父は七十四歳の誕生日を迎えたばかりだった。誕生日には、ちょっと色の変わったボルサリーノを贈った。父は帽子が大好きで、寝室の押し入れには、サファリ・ハットやセンター・クリースなど、幾種類もの帽子が収められている。

並んでいる帽子を見ると、父のシルエットが目に浮かんで、日が経っても、頼子は涙腺がゆるんでしまうのだった。

玄関に、病院を閉鎖する旨を知らせる貼り紙をし、カルテを頼りに、昌代さんと手分けし、葉書なり電話で、患者だった人たちに事の次第を教えた。しかし、篠山《しのやま》医院という看板を外す気にはなれなかった。診察室にも手を付けず、頼子は毎日、窓を全開にし、掃除もかかさなかった。

篠山医院は、祖父の代から同じところで開業していたが、父が病院を継いだのは、祖父が亡くなってからのことである。それまでは大きな病院の勤務医だった。

頼子が生まれたのは、父が跡を継いだ三年後、昭和五十二年のことである。父の葬儀が終わった翌々日が彼女の誕生日で、三十歳になった。

子宝に恵まれず、親戚から勧められた養子縁組を真面目に考え始めた時に、ひょっこりと頼子が出来たのだという。母は三十を少し超えたぐらいだったが、父はすでに四十半ばにさしかかっていた。

両親のためには女医の道を進むべきだったのだろうが、頼子は医者になる気にはなれなかった。大学では文学部を選んだ。

在学中、母がガンで亡くなった。父は、母が末期ガンだと知った後も、ありとあらゆる手段を使って、奇跡を起こさせようと努力した。最後は、母に付きっきりだった。母はそんな父に対する感謝の気持ちを忘れず、決して我《わ》が儘《まま》を言ったりはしなかった。

母が元気な頃、ふたりが言い争うのを耳にしたことはあったが、総じて、静かな夫婦生活を送っていた。母は女の務めをきちんと果たし、父は賭け事も夜遊びもしない模範的な夫だった。休みの日、母を連れて近くの鮨屋に出かけ、一杯やるぐらいが父の愉《たの》しみだった。

ふたりは、父の代替り直前に見合い結婚した。淡々とした付き合いが始まり、淡々と暮らし、子供ができなければそれでもいい、というさらさらとした関係だったらしい。そんな両親から、自分がさらさらと世に出てきたのかと思うと、何となく物足りない感じがしないでもなかった。

両親の双方が、老眼鏡をかけて茶の前で相対している姿は、昔の日本映画を観ているみたいだった。

母は五十三で死んだのだが、ちょうど更年期にさしかかっていて、頼子に対して苛立ったり、暗い表情をすることもあった。しかし、父の方は、頼子には常に優しく穏やかに接してくれた。

父も母も好きだったが、頼子が幼い頃から懐《なつ》いていたのは父だった。父に抱きつくと、消毒液のニオイが残っていることもあれば、煙草のにおいがすることもあった。太い腕にぶら下がると、このまま空を飛んでも安心だと思った。男の肌からにじみ出る独特の脂のニオイも、髭のチクチクも、それは父だけのもので、他の男も似たようなものだとは思いたくなかった。

頼子はファザコンである。それは彼女自身も認めていて、同世代の男の子には何の興味も持てなかった。

スポーツはまるで駄目で、読書と音楽、美術館巡りという、極めて平凡な趣味しかない頼子は、就職先としてある総合出版社を希望した。だが面接で落ちた。同じ出版社に、小学校から仲のよかった先輩が勤めていた。彼女の推薦で、その出版社でアルバイトを始めた。配属されたのはオピニオン雑誌の部署だった。初めはお茶汲みやコピーという雑用ばかりだったが、ひょんなことで記者のような仕事を任された。仕事ぶりが評価され、記事もいくつか書くようになった。それがきっかけとなり、アルバイトを辞めた後も、引き続き取材を任されるようになり、フリーライターの道に進んだのである。

母が死んでから、できるだけ家のことは頼子がやるようにしていた。料理も洗濯も愉しかった。父は納豆が大好物で、碾《ひ》き割りとか極小は駄目で、素早くまぜた大粒納豆をご飯にかけて食べるのだ。

頼子は、父のために納豆をまぜていると、幸せを感じた。小さな庭の手入れを手伝うこともあったし、犬走りの草むしりを一緒にやり、母の代わりに、鮨屋にも付き合った。

「最近、足がつるんですが、原因は何なんですかね」鮨屋の大将が、父の好物の穴子を握りながら訊いたことがあった。

「足がつる……」父は首を傾《かし》げた。「私にも原因は分からないね。サッカー選手でも足がつるからなあ」

のんびりとそう言って、酔いの回った柔らかい目で微笑む父は、いい加減と言えばいい加減だが、相手をほっとさせる〝名医〟だと頼子は思った。

遺品の整理をばたばたとやる気にはならなかったが、家の権利証や預金通帳などの重要書類は、いつまでもそのままにしておくわけにはいかない。狭い家である。そういうものが、どの辺に仕舞ってあるのかは見当はついていた。

帽子の並んでいる押し入れの奥を探った。帽子の入っていた箱の中に、土地の権利証、登記簿の写し、預金通帳、年金手帳等々が収められていた。

箱のひとつから、不思議なものが出てきた。

ポケベルと暗号表である。

頼子は懐かしかった。彼女が十六、七の頃は、携帯がほとんど普及しておらず、高校生の間では、ポケベルが流行っていた。友だちに勧められた頼子は、恋人もいなかったから、さして使うこともないだろうと思ったが購入することにした。父に買ってもいいかと訊いたら、父は少し考えてから
「じゃ、父さんも持つかな」と薄く微笑んだ。

「持って、持って」頼子ははしゃぐように言って、父の肩にまとわりついた。

友だちの間で、使っていた暗号を父に教えると、父の目に感情が動いた。

「父さんも覚えてみたい」

頼子は、暗号表を父に渡した。

その暗号表とポケベル、それに父が、数字で文章を作ったメモが出てきた。

すっかり忘れていた暗号だが、簡単な文章だったからすぐに解読できた。

５９８９３６　１１００４１　０１５
コクハクスル　イトオシイ　レイコ

最後の部分は、レイコではない読み方もできるが、女の名前であることは明白である。

頼子は呆然とした。暗号を勉強していたのは、頼子が暗号表を父に渡した直後のようである。当時、まだ母は生きていた。

同じ箱には、封筒が入っていた。中から土地と家屋の権利証と登記簿の写しが出てきた。

驚きはさらに募った。

住所は軽井沢となっていた。父が軽井沢に別荘を持っていた？　購入時期は、母が病に倒れる前のことである。

母からそんな話は聞いたことはないし、頼子もまったく知らない。

頼子は胸苦しくなってきた。

封書の宛先を見た。父は私書箱を利用していた。母に隠して密かに購入した別荘だったらしい。

役所や銀行を回り、一応の相続手続きを終えた頼子は、再び、軽井沢の土地建物の権利証を開いてみた。

見たこともなければ、行ったこともない軽井沢の別荘も、今は自分のものとなったわけだが、実感は湧かない。それどころか頼子は気持ちが悪かった。

白衣と聴診器が似合う、絵に描いたような町医者の父に女がいた。ひょっとすると、その女は軽井沢の別荘で、庵《いおり》を結ぶような暮らしをしているのかもしれない。

女性誌の仕事を二本片付け、暇ができた時、頼子は思いきって、別荘を訪ねてみることにした。

しかし、鍵が見つからない。と言うよりも、たくさんの鍵がいろいろなところから出てきて、どれがどこの鍵か判明しないものが多々あった。それらの鍵をすべて鞄に入れて軽井沢に向かった。

東京の桜は見頃も終わり、葉桜になりかけていたが、軽井沢はまだ冬の名残りを引きずっていて、ニットの一枚でも多く着てくればよかった、と新幹線を降りた頼子は、ぶるっと躰《からだ》を震わせた。

タクシーの運転手に住所を教えると、軽く笑われた。番地で行けるような場所はほとんどないという。運転手は会社に無線で連絡をし調べてくれた。

仕事で二度ほど軽井沢に来たことはあったが、いずれも午後遅くに着いて、著名人のインタビューに付き合い、とんぼ返りするというものだったので、軽井沢については何も知らないに等しい。

幹線道路を外れると、裸木が目立つ雑木林に入った。タクシーはつづら折りの道をどんどん上ってゆく。急坂にさしかかると、エンジン音が一段と重くなった。頼子の躰がシートに押しつけられると、目の前は空だった。まるで空に向かって走っているようである。さらに狭い、車がやっと一台通れる未舗装の道には大きな穴がいくつも空いていて、運転手はスピードをゆるめ、窪みを避けながら、ゆっくりと前に進んだ。

駅からびっくりするほど離れているわけではないのに、人里離れた山奥に入ってきたような気になった。

「多分、あの家だと思うんですがね」

運転手が指さした方に、小さな平屋の家が建っていた。いわゆる軽井沢の別荘とはまるで違う、廃屋のような家だった。

「お迎えが必要でしたら、電話をください」

運転手は前庭で降りた頼子に、名刺を渡すと戻って行った。

父が買った家は、小高い丘のほぼてっぺんに建っていた。渺々《びょうびょう》たる林野に風が吹き渡り、頼子の髪を乱した。

山襞に雪を残した浅間山がまぢかに望めた。木々の間から他の別荘が見えるが、人の気配も車の音もしない。

頼子は家の周りを一周してみた。焦げ茶色の木製の雨戸が閉まっていて、人が住んでいる様子はない。雨戸のところどころに丸い穴が空いていた。それが何か頼子には分からなかった。

小さな庇《ひさし》に守られたドアの前に立ち、念のためにノックしてみた。返事はなかった。

父の部屋から集めてきた鍵を順番に鍵穴に差し込んでゆく。

合わない。これも合わない。次も……。

躰がどんどん冷えていった。頼子は尿意を催してきた。

木立を渡る風が急に強くなって、木鳴りがした。

頼子は我慢できなくなった。周りの様子を窺いながら雑木林に入った。クマザサで囲まれた窪地を見つけた。火山礫《れき》の窪地。頼子が下りただけでも、斜面はボロボロと崩れた。

風にお尻を晒すなんて生まれて初めての経験だった。放尿しながら、ぼんやりと浅間山を見ていた。すると、何だかとても滑稽なことになった気がして、頬がゆるんだ。

妙な解放感に包まれていた頼子に、突如、緊張が走った。エンジン音が聞こえたのだ。

頼子は不安と焦りで息が詰まりそうになった。

エンジン音はどんどん近づいてくる。

デニムのボタンを止め、ベルトを締め直した瞬間、首筋に冷や汗がにじんでいるのに気づいた。

エンジン音がまぢかで止まった。ドアが開け閉めされる音がし、湿った枯葉を踏みしめる音が続いた。

いつまでもここにこうしているわけにはいかない。頼子は意を決して窪地を出た。斜面がまた崩れた。

白い四輪駆動車が、頼子の所有となった家の前に停まっていた。

笹が脚に触れ、かさかさと音を立てた。

玄関の前に男が立っていた。笹の音に気づいたらしく、頼子の方に顔を向けた。

普通のデニムに、黒いダウンジャケットを羽織った男だった。年恰好は五十前後というところだろうか。

頼子は躰を硬くして、真っ直ぐに男に向かった。「こんにちは。何か御用でしょうか」

男が、親しげな笑みを浮かべた。「びっくりしました。熊かと思いましたよ」

頼子は、男の包み込むような笑みに少しほっとしたが、警戒心はゆるめなかった。

「まさか、ここであなたにお会いできるとは思わなかった」

くっきりとした二重瞼に守られた男の瞳に、感慨と照れが入り交じったような不思議な光が宿った。

頼子は記憶の底を探った。だが、この男と会った覚えはない。

「申し遅れました。私は佐倉井潤《さくらいじゅん》と申します。お父さんのお葬式には、勝手ながら参列させていただきました。改めて、心からお悔やみ申し上げます」

そう言われても、思いだせない。葬儀に見知らぬ人がいても、それは父の患者だった人だろうぐらいにしか思わなかったので、いちいち気にも留めていなかったのだ。しかし、名前は記憶に残っていた。佐倉井潤と書かれた香典袋があったはずだ。住所が書かれていなかったので、昌代さんに訊いてみたが、彼女も心当たりがないと言った。

「父とはどういうご関係なんでしょうか？」

佐倉井潤は少し困った顔をし、中空を見上げた。「簡単に言えば、篠山先生と私の母がお付き合いしていたんです」

女がいたことは薄々分かっていたが、相手の身内だという男から、はっきりそう言われると、頼子の胸に改めて驚きが走った。

「あなたにお話ししていいものかどうか、迷っていました。でも、こうやってお会いしてしまった以上は、本当のことを話すべきだと……」佐倉井はそこまで言って、家の方に目を向けた。

「この家に関係あるんですね」

「あなたのお父さんと私の母は、ここで密会していた。だから、軽井沢に来ると、何となくここに寄ってみたくなるんです」

「私、この家のことも、そういうお付き合いをしている人がいたことも、父が死ぬまで、まったく知りませんでした。私は今日初めて、ここに来たんです」

そう言いながら、頼子は鍵束を手にして、玄関の前に立った。

「家から、見たこともない鍵がたくさん出てきて、どれがどれやら分からなくて」頼子は再び、鍵穴に鍵を差し込もうとした。

その時、佐倉井が言った。「その黄色いキーホルダーについているのが、おそらく、この家の鍵だと思います」

頼子は、佐倉井をまじまじと見つめた。

佐倉井がポケットから、紅色のキーホルダーに取り付けられた鍵を取りだした。

キーホルダーはお揃いだった。

「私は中に入ったこともないし、鍵穴に鍵を差し込んだこともありません。ここはあくまであなたのお父さんの持ち物ですから。信じてくれますか」

佐倉井が静かに言って微笑んだ。

「信じます。でも、なぜ、あなたがお母さんの鍵を？」

「母も死んだからです。お父さんよりも一週間ほど早く」

「父はそのことを知ってたんですか」

佐倉井が目を伏せ、首を横に振った。「分かりません。葬儀にいらっしゃらないのは分かってましたから、お知らせすべきかどうかと思って、病院に電話したんです。あなたよりずっと歳上の感じのする女性が出られて、その日が、お父さんのお通夜の日だと教えてくれたんです」

新聞の死亡欄にも載るはずもない、名もない町医者の葬儀のことをどうやって知ったのか疑問だったが、これで謎は解けた。

頼子は、黄色いキーホルダーの鍵を鍵穴に差し込んだ。

ドアは軋みながら開いた。

長い間、空き家だったせいだろう、しけったにおいがした。

電気は点《つ》かなかった。佐倉井がブレーカーを探してくれた。

雨戸を開けないまま部屋を眺めやった。

十畳ほどの居間には、絨毯《じゅうたん》が敷かれ、ゴブラン織りの猫脚のソファーと椅子が置かれてあった。薪《まき》ストーブが部屋の片隅に設置されていて、薪も少しだけだが積み上げられている。小さなオーディオは目に留まったが、テレビは見あたらない。飾り棚は、小さな人形や動物の置物で一杯だ。居間の左手にカウンターがあり、その向こうが小さなキッチンだった。

頼子は異空間に迷い込んだような思いがした。ここで、父が他の女と忍んでいた。実感など湧くはずもなかった。

キッチンに貼られたカレンダーは、去年の十月で止まっていた。

他に部屋はふたつあった。ひとつはベッドルーム。布団もベッドカバーも仕舞われていた。もう一部屋は納戸代わりに使っていたのだろう。布団や段ボール、それに女物の衣類が置かれている。

帽子が四つ、フックに掛けられていた。頼子はそのひとつを手に取った。以前、頼子がプレゼントした帽子だった。かすかに湿っている。

ここは確かに父の隠れ家だった。やっと頼子は実感が持てた。

居間に戻った。

佐倉井は水道の栓を捻《ひね》っていた。水は出ないようだ。

本棚には、ゲーテ、リルケ、フランスのミステリ作家、シムノン、エミリー・ブロンテの『嵐が丘』、それから軽井沢に関する本が並んでいた。ゲーテとシムノンは父の好きだった作家である。他の本は、ここで一緒にすごしていた女のものに違いない。CDも何枚か積み上げられていた。クラシックが大半だったが、ジャズも交じっていた。違和感を持ったのはエルヴィス・プレスリーのCDだった。

プレスリーと父。頼子には考えられない組み合わせである。

頼子は、佐倉井がいることも忘れて、部屋を見て回った。ふと気づくと、佐倉井は薪ストーブの横に立って、頼子の方を見ていた。

「驚きました。何て言ったらいいか」頼子は気の抜けたような声でつぶやいた。

「すみません。いきなり、真実を教えたのは、ちょっとやりすぎだったかな」

「いいえ。謎のままだったら、気持ちが悪かったでしょう。佐倉井さん、どんなことがあったのか、詳しいことを私に教えてくれませんか」

「分かりました。とりあえず、ここを出ませんか。水も出ないから、トイレにも行けないですからね」佐倉井がキッチンの壁の方に目を向けた。「あそこに、この別荘を管理していると思われる人の名前と電話番号が書いた紙が貼ってあります。控えておいた方がいいと思います」

頼子は言われた通りにし、鍵をかけて外に出た。そして、佐倉井の車に乗って、丘を下った。

五分も走らないうちに、彼が言った。「右の奥の建物が、うちの別荘です」

白樺の向こうに瀟洒《しょうしゃ》な家が見えた。

佐倉井は駅にほど近い喫茶店に頼子を連れて行った。

観光シーズンではない平日の午後である。店は空《す》いていた。

「母は、ここのコーヒーが大好きだったんですよ」

頼子も佐倉井に合わせて、コーヒーを注文した。

佐倉井は財布の中から名刺を取りだし、頼子に渡した。彼は大森にある建設会社の社長だった。

頼子には、それが意外に思えた。太く響く声でゆっくりと話し、はにかんだように笑う佐倉井の雰囲気は建設会社の社長からはほど遠いものだった。押し出しの良さなど微塵も感じられない。

整った顔立ちだが、派手さはない。会社で陣頭指揮を執るよりも、世間の喧噪から少し身を引いて、超然としているのが似合いそうな男だった。

佐倉井はコーヒーを旨《うま》そうに飲んでから、つぶやくように言った。「さて、どこからお話ししましょうかね」

「その前にひとつ伺いたいことがあるのですが」

「何でしょう」

「佐倉井さんのお母さん、レイコさんとおっしゃるんですか？」

佐倉井は目尻に柔らかいシワを作った。「ええ。麗しの麗子です。でも、なぜ、あなたが母の名前を……」

頼子はそれには応ぜず、佐倉井の言葉を待った。

父、善太郎と佐倉井の母、麗子が知り合い、恋に落ちたのは、半世紀以上前、善太郎が二十歳の時だった。家庭教師のアルバイトをしていた善太郎は、当時、高校進学を控えていた麗子の弟を教えに佐倉井家に出入りしていたのだという。そこで、彼よりひとつ歳上の女学生、麗子と知り合った。ふたりは逢瀬《おうせ》を重ねるうちに、結婚まで考えるようになった。それを知った麗子の父は激怒した。建設会社を経営していた麗子の父は、娘を、自分のところよりももっと大きな建設会社の跡取り息子に嫁がせたかったのだ。

「……だけど、あなたのお父さんは引かず、私の母を連れて、京都まで逃げたそうです」

「父が、そんなことを」頼子は目を瞬かせた。

佐倉井がゆっくりとうなずいた。「医者になることも諦めて、母と駆け落ちしたんですよ」

そう言えば、大学を一年留年したと父が言ったことがあった。理由を訊くと「医者の道に進むのが嫌になったことがあったんだ」と父は静かに答えた。だが、真相はまるで異なっていたのだ。

「あなたのお父さんは、小さな印刷会社の営業をやり、母は喫茶店に勤めたそうです。半年以上、そうやって京都で暮らしていたらしいんですが、私の祖父とあなたのお祖父《じい》さんが結託し、ついにふたりを発見。そうやって仲が引き裂かれてしまったんです」

「でも、ふたりの気持ちが通じ合っていれば……」

「煙草、吸ってもいいですか？」

「どうぞ」

佐倉井は一服吸ってからつぶやくように言った。「一緒に暮らしてから、よく喧嘩をするようになったって母は言ってました。いくらお互いが好いていても、逃避行がふたりを疲れさせたんでしょう。ふたりとも若かったから、どちらも舵取りなんかできない。一心同体になることを求めれば求めるほど、却《かえ》って諍《いさか》いが起こる。そういうことだったような気がします。あなたはお若いから、お分かりにならないかもしれないけど」

「私、この間、三十になりました。少しは理解できます」

佐倉井は小さくうなずいた。「分かっていただけると、もっと話しやすい。母には、別れさせられてほっとしたところがあったみたいです。疲れ果てた母は、私の祖父の望んだ結婚をし、私と弟を産んだ。でも、母はあなたのお父さんのことを忘れてはいなかった」

「佐倉井さんのお父さんはそのことを知ってるんですか？」

「薄々は気づいていたでしょうが、まったく気にはしてなかったと思います。父は、母が家を守っていてくれさえすれば、それでよかったんです。仕事のことしか頭にない男だったから、そういうことには無関心だった」

「お父さん、今は……」

「二年前から施設に入ってます。重度の認知症なんです。あなたのお父さんとのことはあったけれど、母は、父のことをとても大事にしてました。妻としてやるべきことは、他の家の奥さんの二倍も三倍もやっていたと思います」

「うちの父も、母が闘病生活をしていた時、これが夫婦愛の見本みたいに、母を気遣い面倒をみてました」

自分の父にしろ、佐倉井の母にしろ、相手を忘れていなかったのに、そのことをおくびにも出さずに、長年連れ添った伴侶の面倒を親身になってみていた。そういう大人の振る舞いが、頼子には今ひとつ理解できなかった。

父に関しては断言できる。心から母のことを思って看病していた。好きな女がいることを申し訳ないと思っていたかもしれないが、決して良心の呵責《かしやく》を和らげるためとか、自分を正当化するために、母の世話をしていたとは思えない。

「尾瀬《おぜ》に行ったのを覚えてるかな」父がぽつりと病床の母に言ったことがあった。

「ええ」母がか細い声で答えた。

「もう一度一緒に行きたいね」

「私も」

目を合わせずに交わされた、そんな両親の会話を思いだした。

ふたりの淡々とした遣り取りには距離があった。その距離は、付き合い当初からあったものなのだろう。両親は賢く、情を育んできたらしい。

おそらく、佐倉井の両親もそうだったのではなかろうか。

「別れさせられ、お互いに別の人と結婚したふたりが、いつ頃からまた付き合いを始めたのかしら」頼子はつぶやくように言った。

「再燃するまでには三十七年もの月日が流れているんです」佐倉井は、物語を朗読するみたいな口調で言った。

カンボジアのアンコールワット遺跡を見学に行った時に再会したとのこと。確かに十三、四年前に、父は学生時代の友だちに誘われてカンボジア旅行に出かけた。特に旅行好きでもない父が腰を上げたのは、結果から見れば、運命だったのかもしれない。その後、父は「旅行は気晴らしになるな」と言って、時々、家を空けるようになった。

段々、真相が見えてきた。

「帰国してからふたりは、デートをするようになった。と言っても、頻繁に会ってたわけじゃないようです。母はよくひとりで、さっきお教えしたうちの別荘に来てました。密会するには、ここ軽井沢しかない。あなたのお父さんは、そう思って、あの家を買われたんですよ。お互い、簡単に家を空けるわけにはいかないから、そんなにあの家を利用していたとは思えませんがね」

「だと思います。今にして思えば、カンボジアに行った後、家を空ける回数が増えましたが、急激に変わったという感じはしなかったですから」

「よかったらビールでも飲みませんか?」佐倉井が遠慮がちに誘ってきた。

「…………」

頼子が躊躇《ためら》っていると、佐倉井は急に姿勢を正し、がらりと調子を変えて言った。「いや、絶対にビールにしましょう」

「でも、車が」

「代行を頼みます。付き合ってくれますね」

頼子は気圧《けお》されて、ついうなずいてしまった。

瓶ビールがテーブルに置かれた。佐倉井が頼子のグラスに注いでくれた。

杯をかざすこともなく、佐倉井はグラスを口に運んだ。

「どうやって、佐倉井さんはお母さんの秘密を知ったんですか？」

「私の家族と一緒にうちの別荘に来た時、母が散歩に出たまま、なかなか戻ってこなかったことがあったんです。携帯を鳴らしても出ないものですから心配して探しに行った。その時、林の奥深くに向かって歩いてゆくカップルが目に入った。女の後ろ姿が母に似ていたので、車のエンジンを止め、バードウォッチングのために積んであった双眼鏡で、彼らを見た。紅葉真っ盛りの頃でした。ふたりは林の中を手をつないで歩いていた。かすかに鈴の音がしました。熊除けの鈴をつけていたんです。女は間違いなく母だった。あなたのお父さんは帽子を小粋に被ってましたね」

頼子は目を閉じた。帽子を被った父の姿が瞼に浮かんだ。

「私は、そのことをずっと誰にも言わずにいました。父にも女房にも弟にも、そして母にも」佐倉井が続けた。「変に思われるかもしれないけれど、母に想う人がいて、軽井沢で密かに逢っていることを温かく見守っていてやりたかったんです」

「相手が変な男で、お母さんが騙《だま》されていたらって心配はなかったんですか」

佐倉井はうーんと唸ってから、照れ笑いを浮かべ、髪をかき上げた。「相手の男には興味があったけれど、そういう否定的な見方はしなかったな。今、あなたに言われて初めて、そういうことを考えなきゃいけなかったって思いました。相手があなたのお父さんでよかった。ヌケサク、ヌケサク、どうしようもないな、私は」

頼子の胸がざわめいた。小さなざわめきだったが、ざわめきには違いなかった。

「佐倉井さんはおいくつなんですか」

「五十一です」

「もう少しお若く見えますね」

「ありがとう。でも、ほら、この辺に白髪が出てきてますよ」佐倉井は側頭部を頼子の方に向けて、まるで自慢するかのような口調で言った。

しばし沈黙が流れた。

「お母さんがポケベルを持っていたのをご存じですか？」

「ええ。でも、だいぶ前のことですね」

頼子は勢い込んで、ふたりがポケベルの暗号を使って連絡を取り合っていたことがあったのだ、と教えた。

「へーえ、そこまでは知らなかった」

「015はレイコと読めます。だから、私、お母さんの名前を知ったんです」

「なるほど。母はそういうお遊びが大好きだったな」佐倉井はしみじみとした口調でつぶやいた。

「あなたのお父さんとのことを、母が告白したのは、ガンで入院してからのことです。私にだけしゃべった。弟は私と違って、そういうことには寛容ではないし、相手の素性を調べたりする人間だから言いたくなかったみたいです。それで、私は真相を知ることができた。母は浮き浮きとして私に話してました。きっと、お父さんも、いつかあなたには語りたかったと思います。いや、父親は娘に、そんな話はできないか」

告白されたら、自分はどんな態度を取っただろう。佐倉井と同じように温かく受け入れたに違いない。父は素敵な恋をしたのだから。

だが……。頼子は自分の心の裡《うち》に目を向けた。父の恋を温かく受け入れられても、そういう恋に憧れ、自分も、という気持ちにはなれない。遠い国で起こっている、遠くに住んでいる人の話。ドラマを見ているような感じでしか受け止められないのだ。

頼子は決して男嫌いではない。しかし、身を焦がすような相手を欲したことはなかった。そんな思いは、その手の小説や映画で満たされてしまっていた。糖分は控え目な方がいい。塩分も控え目な方がいい。躰のことではなくて、心の問題として、頼子はそう思って生きてきた。

父の草むしりに付き合い、草花に水や肥料をやり、診察室の掃除をし、納豆をまぜているだけで気分がよかった。その小さな世界から出るなんて夢想したこともない。頼子は自分が臆病だと思っている。しかし、それを恥じたこともなければ、改善すべきだと悩んだこともない。それだけ自己本位だから、他人と自分を比べることを避け、そういう気持ちが起こりそうになると、さっさとその場から逃げだし、自分の世界に引きこもってしまう。そんな生活を続けてきた。

佐倉井がグラスを空けた。喉仏を見ていたら、ビールがとても旨そうに思えた。

「明日、何かご予定は？」

いきなり、佐倉井が訊いてきた。

「いえ、別に何も」

「じゃ、東京で飯でも食いましょう。飯を食って、お酒を飲んで、それから……」そこまで言って、佐倉井は苦笑した。「先走りすぎですね。ともかく、明日またお会いしたい。いいですか？」

強引である。しかし、吹き込んできた爽やかな風が、レースのカーテンを揺らすような感じなのだ。ひょっとしたら、この男は女たらしか、詐欺師なのかもしれない、と頼子は思ったが、不思議と警戒心は湧いてこなかった。

帰り際、佐倉井が紅色のキーホルダーを頼子に差しだした。

「これは、あなたにお返ししておきます」

佐倉井が持っていても困ることはないが、頼子は返してもらうことにした。

「ところで、さっき林の中で何をしてたんですか？」

「え？　ああ……。散歩っていうか、あの家の周りを散策してたんです」

オシッコをしてました。本当は喉まで出かかった。初対面にもかかわらず、この男になら、そう言っても平気だと思った。

翌日、出かけようとしていた時、電話が鳴った。佐倉井がタクシーの中から電話をよこしたのだ。迎えにくるという。どこにいるのか訊いたら、頼子の家の近くにいると、さらりと答えた。

私生活に踏み込まれたような気分になったが、邪気のない声で言われると、胸をよぎった不快な気持ちも、たちどころに消えてしまった。

チャイムが鳴ると、頼子は髪を軽く整えて外に出た。

佐倉井はタクシーの横に立って、篠山医院の看板を見上げていた。手には花束が握られている。

気障すぎる、ちょっと気持ちが退《ひ》けた。

「これ、お仏壇に」

仏壇に飾るには派手な色合いの花が交じっていたが、子細に見てみると、菊の白が基調になっていて、派手さの中に沈んだ雰囲気が感じられる花束だった。女に贈る花束ではない。頼子は早とちりした自分が恥ずかしくなった。

小さな動揺が、次の言葉を生んだ。

「ご迷惑でなければ、お線香、上げていただけないでしょうか」

「是非」佐倉井は生真面目な表情でうなずいた。

タクシーを待たせたまま、頼子は佐倉井を家に招いた。

仏間になっている部屋に通す。仏壇の扉は開けられたままになっていて、すでに頼子が活けた花が飾られていた。

「使ってない花瓶ありますか」佐倉井が訊いた。

頼子は花瓶を用意した。佐倉井は自分で水を入れ、自分で活けた。

その後ろ姿に、父が庭をいじっている時の後ろ姿が重なった。

頼子は、ポークパイ・ハットを被った父の遺影を改めてじっと見つめた。そして、心の中でつぶやいた。

〝お父さん、この人が麗子さんの息子さんよ〟

それから母の遺影に目を移した。

〝ごめんね、お母さん〟

仏壇の前に正座した佐倉井は、思ったよりも長い時間、手を合わせていた。

頼子は斜め後ろに座っている。かすかに佐倉井の横顔が目に入った。

昨日、初めて会った男には思えなかった。父の昔からの友人で、家にも何度も来ていて、この小暗い部屋にも馴染んでいる。そんな感じがした。

目を開けた佐倉井が頼子を見た。すっきりとした表情である。

「お腹、空いたな。おいしいものを食べに行きましょう」

向かった先は、銀座のステーキハウスだった。佐倉井は三百グラムのサーロインを注文した。頼子はその半分以下のヒレにした。飲み物は赤ワイン。どんなタイプのワインが好みかと訊かれたが、頼子は、佐倉井に任せることにした。

「私も、そういうことにはまったく詳しくないんです」佐倉井はそう言ってから、主人と相談して選んだ。

スモーキーな感じだが、後で香りが口の中に広がってくる美味しいワインだった。

佐倉井の頬は少し飲んだだけで桜色に変わった。しかし、決して酒に弱くはなく、どんどん杯は進んだ。

話題の中心はやはり、頼子の父と佐倉井の母のことだった。

「アンコールワットで再会してからは、母の方が積極的だったようです。あなたのお父さんは、少し腰が退けてたみたい」佐倉井が肉の塊を口に運びながら言った。

「お母さんが、そこまで息子のあなたに話すなんて信じられない」

「親父の前では隠していたけど、本当はすごく奔放な女でね、余命幾ばくもないって分かったからかもしれないけど、思っていることを素直に語りたくなったんだろうな。相手として私を選んだのもうなずける。昨日も言ったけれど、そういうことを余計なことを言わずに聞けるのは、家族の中では私だけだから」

「プレスリーのCDがあの家にあったけど、お母さん、ファンだったんですか？」

「あなたのお父さんに勧められて聴くようになったって言ってたな」

父のことなら何でも知っているつもりでいた頼子はちょっとショックだった。

「私の母が気づいていたということはなかったんでしょうか」頼子が訊いた。

「いや、そこまでは分かりません。だけど、うちに何か言ってきたことはなかったみたいです」

母がまったく知らなかったのか、気づいていたが黙っていたのか。頼子はとても関心があった。

しかし、今さら、それをはっきりさせる方法はない。

頼子はゆっくりとグラスを空けた。佐倉井がワインを注ごうとした。

「もういいです。私、そんなにお酒強くないんです」

「もう一杯付き合ってください。ぶっ倒れたら、私がおぶって家までお送りしますから」

佐倉井は頼子のグラスをワインで満たした。

酒を強要されるのが大嫌いな頼子だが、佐倉井に言われると、もう一杯ぐらいなら、という気になった。

「ところで、篠山さんは何をなさってるんですか？」

「フリーのライターです。インタビュー原稿をまとめたり、店の紹介記事を書いたりしています」

「ひとりでやれる仕事はいいですね。ストレスが少なくて」

「まあね。でも、感じの悪い相手にインタビューした時は、ストレスが残ります。それに、私、原稿が遅いから、編集者に嫌がられ、仕事は減る一方かな」

「ライターで原稿が遅いっていうのは大物だな」佐倉井が笑った。

「グズなんです。ああでもないこうでもないって考えてるうちに遅れちゃうんです。だから、本当はそういう仕事に向いてないのかもしれません」

「何に一番、向いてると思ってるんですか？」

「何にも。主婦向きでもないし」頼子は軽い調子で言って、少しだけワインを口にした。

佐倉井が背もたれに躰を倒した。「私も何にも向いてないな」

「でも、会社を経営しているんですから」

「五月一杯で会社を辞めるつもりです」

「どうして？」

「これまで、何とかやってこられたのは、父の大番頭だった人間が私を支えてくれてたから。その人が去年、亡くなった。弟の方がずっと遣り手だから、私は身を引くことにしました」

「余計なことかもしれないけど、辞めてどうするんですか？」

佐倉井は腕を組み天井を仰いだ。「友だちとジャズバーをやろうと思ってます。学生時代、サックスを吹いてました。もう自分で演奏する気はないけど、そういう店ぐらいは持てるでしょう。その友だちは、現役のピアニストですから、資金は私が出し、彼が客を集める。うまくいくかどうか分からないけど、今の仕事よりは愉しめる。その話を女房にしたら、猛反対されました。家族を路頭に迷わせることはないって断言したんですが、女房は不服でしかたがないらしい。社長夫人からバーのマスターの妻に変わるのは、プライドが許さないのかもしれない。頼子さんはジャズは聴きますか？」

「ジャズのCDはほとんど持ってないです。サラ・ヴォーンのものがあるくらい。でも、バーに流れるのを聴いてると、いいなあって思うことはよくあります」

「店ができたら、是非来てください」

「はい」

ステーキハウスを出てから、ジャズの流れるバーに寄った。

頼子は流れている曲をいつもよりも熱心に聴いた。今、歌っているのはヘレン・メリルだとか、ソニー・ロリンズのサックスだとか、時々、佐倉井が教えてくれた。

この夜をきっかけに、頼子は、佐倉井と週に二度は会うようになった。佐倉井の屈託のない声に応じているうちに、彼の存在が頼子の中で大きなものになっていった。

父とよく行った近所の鮨屋で食事をするようにもなった。父が座っていた場所で、鮨をつまみ、大将と会話を交わしている佐倉井を見ていると、父のことが思いだされてならなかった。

父と佐倉井にはこれといった共通点があるわけではない。老眼鏡をかける仕草が似ているぐらいである。父がいつ頃から老眼鏡を使うようになったかは覚えておらず、その仕草を当たり前のように見ていたのだが、五十一歳の佐倉井がかけると、父よりも爺《じじ》むさく見えた。それが却って、盛りをすぎていても、佐倉井がまだまだ若いのだ、という証《あかし》に思えた。

佐倉井には子供がふたりいた。上が十六歳で下が十四歳。いずれも男の子だという。

頼子は一切、彼の家庭について触れなかった。妻のことにしろ息子たちのことにしろ、佐倉井の方から話した。褒《ほ》めるわけでも悪口を言うでもない。単に報告している。そんな調子で語った。

佐倉井に会うと、頼子は和むのだった。

口説き文句は一言も言わなかったが、彼が自分をかなり好いているのは、頼子にははっきりと感じ取れた。

口説かれたらどうしよう。そう考えると心が半分だけ弾んだ。残りの半分では、このままの関係でいい、と思っていた。

相手が結婚していることは気にならなかった。頼子自身が、男とひとつ屋根の下で暮らすことに期待していなかったからである。父を好きだったからそうなったのではなくて、そういう性格だったから、父の中に逃げ込んだような気がしないでもない。

しかし、今はその父が死に、ひとりになった。そこに佐倉井が現れた。

窓際で戯れていた陽射しが、部屋の奥にまでどんどん射し込んでくる。佐倉井は、そんな感じで、頼子の中に静かに入ってきた。

仕事が忙しくても、佐倉井の誘いを断ったことはない。遅筆なライターは、そのせいで徹夜を強いられることもあった。

一緒にクラシックのコンサートに行ったはいいが、途中で佐倉井が眠ってしまったことがあった。失礼な話だと思いつつも、寝顔が可愛く思えた。

「男って、疲れるとやたらと女を抱きたくなることがあるんだよ」と何かの拍子に言ったことがあった。

他の男に言われたら、含みのある発言に聞こえたかもしれないが、佐倉井にあっさりと言われると、裏のない素直な思いの表れとして受け取れた。

それもこれも、佐倉井を好きになったから許せてしまうのだろう。頼子は、自分の心の形がゆっくりと崩れてゆくことを、たおやかに受け入れた。


ゴールデンウイークを迎えた。父の隠れ家の整理に行こうかと思ったが止めにした。佐倉井が家族と一緒に軽井沢ですごすと聞いたからである。

軽井沢にいる佐倉井からメールが届いた。

『あの家の周りを毎日散歩しています。山桜とコブシが咲いてます。私は予定通り、五月一杯で会社を辞める。それまではとても忙しくて会っていられないだろう。退職後に、軽井沢のあの家で会いませんか。私をあの家に泊めてほしい。１４１０６』

　１４１０６はポケベル暗号では、愛してるという意味である。

　ポケベルの暗号が流行った頃、この数字を打ち込んできた男の子がいたが、頼子は色よい返事をしたことはない。

　わざと、ポケベルの暗号を使ったのは、佐倉井の洒落《しやれ》っ気と含羞《がんしゆう》の表れに思えた。

『あの隠れ家は、佐倉井さんのお母さんの思い出の場所でもあります。一緒に片付けをしましょう。１４１０６』

　佐倉井と妻の関係が気にならないと言ったら嘘になる。関係がよくないことは、言葉の端々から窺い知ることができた。子供がいることも頭の隅に引っかかってはいる。それは、佐倉井の現実の生活を慮《おもんぱか》ってのことで、頼子自身は、父と彼の母のような関係で満足だった。


　六月に入ってすぐ、頼子は早朝家を出て、軽井沢に向かった。佐倉井がやってくるのは午後である。

　雨上がりの清々しい日だった。まるで夏を思わせる雲の彼方に澄み渡った空が広がっている。山々の稜線がくっきりとし、この間、訪れた時には枯れ色に沈んでいた風景は、逞《たくま》しい緑に変わっていた。鳥のさえずりが、あちこちから聞こえてきた。

　管理してくれていたのは、地元の不動産屋を退職した、富田という男だった。歳は頼子の父よりも上に見えた。

富田は父の死を知らなかった。

「ご連絡がないから心配していたんですが、そうですか、お亡くなりになられた」富田はそう言ったきり黙ってしまった。

「生前、父がお世話になったようですね。ありがとうございました」

「いや、私は大したことはしてません。春になったら、ベランダのペンキを塗り替えてくれっておっしゃってた。それが、お父さんとの最後の会話になりました。そうですか、先生が……」

「引き続き管理の方よろしくお願いします。これからは私が使いますから」

「いつでもご連絡ください。じゃ、水道を開けますね」

頼子は富田の作業を見るともなしに見ていた。

「これで大丈夫です。そう言えば、昨日、子連れの熊がこの辺に現れたそうです。出かける時は、鈴をつけて出かけてください。だいぶ前のことですが、お父さん、熊に出くわしたことがあるんです。私が鈴をつけて出かけるように注意したので、おそらく、お父さんのお使いになった鈴が、この家のどこかに残っているはずです」

「その時、父はひとりでした？」

富田は目をそらした。「いえ、お連れ様がいらっしゃいました」

「鈴、探してみます」

富田が去った後、部屋の掃除に取りかかった。掃除機は古く、やたらと重かった。開け放たれた窓から、気持ちのいい風が吹き込んでくる。ベランダに布団を干す。ベランダの端は腐りかけていて、手すりに寄りかかるのは危険な状態だった。

食器類を洗った。夫婦《めおと》茶碗は九谷焼で夫婦箸は輪島塗りのようだった。

エンジン音が聞こえた。

頼子はドアを開けた。佐倉井の笑顔が目に飛び込んできた。

「いらっしゃい」

「うん」佐倉井が柔和に微笑んだ。「釜飯買ってきた。それと飲み物も」

頼子は佐倉井と相対して釜飯を食べた。佐倉井は食べざかりの少年のような速さで平らげた。

「今日はいつもよりも生き生きしてるわね」頼子が言った。

「そうさ。会社を辞めたからね」佐倉井は大きな伸びをした。

頼子はベランダがかなり傷んでいることを話した。

佐倉井はベランダに出た。「これはひどいな、ペンキの塗り替えだけじゃすまない。社を辞めても、いい大工は知ってる。新しくしよう」

「雨戸にも穴が空いてるでしょう」

「キツツキが空けた穴だよ。これは、私でも何とかできる」

頼子は佐倉井と一緒に片付けに取りかかった。

戸棚の中まで雑巾をかけた。佐倉井は短パンに着替えて、お風呂を洗い、それから床を拭き始めた。

頼子は手を休め、四つん這いになって床を拭いている佐倉井を見つめた。

その姿に温かいものを感じて、頼子の胸がじんじんと鳴った。

頼子が納戸に使われている部屋に入り、どうやって片付けようかと考えていた時、鈴の音が聞こえた。

頼子は居間に戻った。下駄箱のところで、佐倉井が、お揃いの鈴をふたつ手にして立っていた。

「あなたのお父さんと私の母が熊除けにつけていたものだね、きっと」佐倉井は鈴を軽く振った。

深くて澄んだ音色だった。

「いい音ね」

「でも、これ、普通の熊除けの鈴じゃないよ」

頼子は鈴のひとつを手に取った。

橙色の房としっかりとした白い紐が結んである厄除けの鈴。〝道中安全　災難除〟と書かれた木札もぶら下がっていた。水沢観音という寺で購入したものらしい。

「水沢観音っていえば伊香保《いかほ》にあるお寺さんだな」

「ふたりで旅行したらしいわね」

「多分」佐倉井が鈴から目を離し、頼子を見た。「拭き掃除はこの辺でいいだろう。片付けは夜になってからやろう。せっかくの天気だから、散歩しないか」

「そう言えば、昨日、子連れの熊がこの辺に現れたんですって」

「この鈴をつけていれば大丈夫だよ」

「そうね」

短パンから着替えてベルトに鈴を取り付けた佐倉井が奥の部屋に目を向けた。「あそこにかかってる帽子、借りていいかな」

頼子は一瞬、間を置きうなずいた。「好きなのを被って」

佐倉井は、四つの帽子を順番に被って見せた。

「どれがいいかな」

「どれも似合ってる」頼子は喉を詰まらせて答えた。

「じゃ、パナマにするか」

佐倉井はパナマを斜めに被った。

頼子は佐倉井について外に出た。庭を横断し、雑木林に向かう。

庭の隅のツツジが見頃を迎えていた。紅色のツツジにレモンイエローのツツジが寄り添っている。

ふとキーホルダーのことを思いだした。父のものは黄色で、麗子のものは紅色だった。頼子は、黄色いキーホルダーについた鍵を、後で佐倉井に渡すことにした。

野草も控え目に花をつけている。

「あの黄色いのはクサノオウ。あの赤っぽいのがハルジオンで、白っぽいのがヒメジョオン」そこまで言って、佐倉井が小首を傾げた。「あれ？　違ったかな」

ふたりは手をつないで、別荘がまばらに建つ小径《こみち》を進んだ。

父と麗子が、散歩していた道かもしれない。

「この周りを歩くの初めて。奥が深いのね」

「この間、散策してたんじゃなかったの？」佐倉井が無邪気な調子で訊いた。

頼子はからからと笑った。「あれはね、嘘」

「え？」

「オシッコしたくなっちゃって、それで……」

「そうかあ。オシッコだったのかあ」

佐倉井も笑い、頼子の躰をぐいと引き寄せた。鈴が重なり合うように鳴った。

木立の間に、抜けるような青空が見えた。

深く澄んだ鈴の音が雑木林に響き、風にさらわれてゆく。

その音は、父と麗子が旅だった空の彼方まで必ず届いている。

頼子がそう思った瞬間、佐倉井が立ち止まった。そして、頼子を抱き寄せ、激しく唇を合わせてきた。

サンタの空

出かける寸前に母から電話がかかってきた。「そろそろ、もみわかめも花らっきょうもなくなったって思うて」

「まだあるよ。私、遅刻しそうなの」

「ほんなら、お米は？」

明日香《あすか》は焦った声を出しているが、母はいつものようにモタモタとしゃべっている。

「前にも言ったけど、お米はいいよ。こっちでも買えるから。ごめん。もう切るよ」

「だいぶ寒うなったさかい、風邪ひかんようにな」

「お母さんも。じゃねえ」

明日香はバッグとコートを手にして玄関に急いだ。会社に履《は》いていくパンプスが汚れていた。昨日の雨のせいである。下駄箱を開けた。勢いよく開けすぎて、引き戸が外れた。建て付けが悪いのだ。直してほしいと管理人に言わなければ、と思ってもう数ヶ月が経っていた。もう一足、同じような靴を持っているのだが、それも汚れていた。

明日香は舌打ちし、雨に濡れたパンプスを引っかけ廊下に出た。エレベーターはあるのだが、明日香の部屋は二階である。走って下りた方が早い。

エレベーターの前を通りすぎようとした時、扉が開いた。降りてきた男に危うくぶつかりそうになった。

土木作業員風の若い男だった。日向《ひなた》くさい顔に笑みが浮かんでいる。「お早うございます。このマンションにお住まいの方ですね」

「そうですけど」

「隣の家の解体工事を行う者です。明日から二週間ほどご迷惑をおかけすることになるので、ご挨拶にあがりました。防音、防塵対策はきちんとしますが、多少、ご不便をおかけすることになると思います」

「日程表、管理人さんからもらってます。すみません。私、急いでるんです」明日香はつっけんどんな口調で言い、階段に向かおうとした。

「これ、お使いください」

ビニール袋を渡された。中身がちらりと見えた。ゴミ収集袋だった。

明日香は礼も言わず、ビニール袋を手にして階段を駆け下りた。

走って駅に飛び込んだが、乗るべき電車には間に合わなかった。電車の去ってゆく姿を見ながら、がっくりと肩を落とした。

十二月にしては暖かい日だった。走ったせいで躰《からだ》が汗ばんでいた。髪も乱れている。

あの解体屋のせい。引き留めた若い男に、やり場のない苛立《いらだ》ちをぶつけたくなった。

明日香は、包装用品の開発卸しの会社に勤めている。役員の秘書である。創業が大正時代という老舗《しにせ》のせいか、社員の服装にはやたらとうるさい。ノースリーブ、ブーツ、ミュールは禁止。胸が開きすぎていると注意されるし、スカートの丈も決まっている。通勤用のショートパンツなど、もっての外だ。

上司の島田役員は、社長よりもその点に関して神経質である。物事に細かい男は、遅刻についても鷹揚な態度を取ることは絶対にない。

果たして、島田役員は、眼鏡の奥の細い目をさらに細めて小言を言った。不機嫌な視線は次第に明日香の足許に下りていった。

「何だね、その靴は」

「昨日、雨だったものですから。申し訳ありません」

「そんな靴で会社に来るなんて、どういう神経をしてるか、私には分からない」

ねちねち始まった。怒り方が女っぽいのだ。だが、慣れっこになっている明日香はさして気にしていなかった。しつこい雨風も、いつかは止む。

明日香はお茶を出し、スケジュールをチェックした。来客がある。会議室の手配をした。

「うーん、やっぱり気になる。来客もあるし、すぐに靴を磨きなさい」

島田役員から手渡されたものを見て驚いた。靴磨き用品だったのだ。きょとんとした顔で明日香は役員を見てしまった。

「備えあれば憂いなしっていうでしょう」

「ありがとうございます。役員の靴も磨きましょうか」

「それにはおよびません」

確かに。役員の靴はピカピカだった。

靴を脱いだ時、役員が言った。「それはなんですか?」

遅刻した明日香はロッカーにも寄らずに役員室に飛び込んだので、解体屋からもらったビニール袋が机の上に投げ出されていたのだ。

「あ、これですか、ゴミ袋です」

「ゴミ袋? そんなものを買っていて遅れたのかね」

「違います」

明日香は事情を説明した。

「なかなか気の利いたものを渡す解体屋だね。タオルなんかもらうよりも、ずっと役に立つ」

「そうですね」明日香は曖昧《あいまい》に笑って、靴を磨き始めた。

寝坊したのは、同じ会社の商品開発部で働いている辻原尚子《つじはらなおこ》に付き合って、西麻布《にしあざぶ》のバーで遅くまで飲んでいたからである。

尚子は明日香と同じ二十九歳。明日香は福井の出身で、尚子は隣の金沢から出てきている。そんなこんなが縁を結び、いつしか仲良くなった。

昨夜、尚子はぐでんぐでんになった。先輩の女子社員から、総スカンを食い、イジメに遭っていて、もう耐えられないから会社を辞めたい、と明日香に愚痴《ぐち》った。

　エレベーターのボタンを先輩のために押さなかったとか、トイレが長いとか、胸の谷間を見せすぎているとか、顔がワニに似てるとか……。話を聞いてみると、イジメと言っても、嫌味やからかいに近いものだった。

「そんなこと聞き流しておけばいいじゃん。尚子、可愛いから焼き餅焼かれてるのよ」

「そう言うけどね、毎日毎日、何か言われてると、塵も積もれば山となるのたとえ通り、精神に垢が溜まってさ、暗い気持ちになるのよ」

　たとえがちょっとズレている気がしたが、明日香はそのことには触れなかった。

「ジワジワ、嫌味が利いてくるのは分かるけどさ、あんたが何も会社辞めることないじゃない。ワニに似てるって言われたくらいで、泣いたりするから、相手がつけあがるのよ。そう言われたら、岡崎照美《てるみ》には猿に似てるって言い返してやればいいじゃん。亀山靖子《やすこ》は、名前通り、カメに似てるしさ」

　尚子が覗き込むようにして訊いた。「私って、本当にワニに似てる？」

　明日香は思わず吹き出してしまった。

「あ、明日香も、そう思ってるんだ」

　図星である。しかし、尚子は美人である。細面で、口も大きいが、目もぱっちりしていて濡れている。モデルタイプの顔はちょっと日本人離れしている。舌ったらずで、小鳥が餌をついばむようにチマチマしゃべる。性格的にはちょっと幼稚な面があるが、それが却《かえ》って可愛らしく見えるらしく、男の社員に人気が高い。逆に女には嫌われている。

「ワニには似てないけど、ワニみたいに、すっと忍び寄ってガバって嚙みついてやればいいんだよ」

「あーあ」尚子はワイングラスを空けると、背もたれに躰を倒した。「明日香みたいに太い神経の女になりたい」

「私、全然、太くないよ」

明日香も、会社に入ってから先輩に嫌な思いをさせられたことはある。しかし、風が吹き止むまでは、という気持ちで、謝るところは謝り、聞き流すところは聞き流した。しかし、毅然とした態度で臨むべきところでは、相手から視線を外さずに言い返した。ひとりになると悔し涙を流したことは何度もあるが、人前では決して泣かない。会社で起こる湿ったいざこざが、いつまでも尾を引くことはなかった。そういうところが、尚子からすると太い神経の持ち主に思えるのだろう。

明日香は去年の暮れ、付き合っていた男にひどい振られ方をした。久野祐司《くのゆうじ》とは四年越しの付き合いで、郷里にも連れて行き、両親に会わせたこともある。結婚も考えていたのである。

破局は思わぬ形で訪れた。明日香は大学の後輩を祐司に会わせたことがあった。〝長すぎた春〟に新風が吹き込まれたということか。祐司は、明日香の後輩を好きになってしまったのだ。祐司のマンションから、仲むつまじく出てくるふたりを目撃した時は気が遠くなりそうになった。その十日ほど前、三人で食事をした。後輩は何事もない顔で、「明日香さん、そのネックレス、とっても似合ってます」なんて声を弾ませて言っていた。明日香は、結託していたふたりに騙《だま》されていたわけである。そのショックは計り知れないものがあった。その後、祐司と一度会った。祐司は沈痛な面持ちで謝るだけだった。粉々に壊れた陶器を元に戻すことは不可能である。数日後、マンションに残っている祐司のものを整理した。勝手に捨てるわけにもいかないものもあった。明日香は祐司に電話をした。何と着信拒否になっていた。

明日香は事の次第を尚子に打ち明け、大粒の涙を流した。

会社の人間関係については弱気なことばかり口にする尚子だが、恋には強い。振っても振られても平然とした態度を取れる女なのだ。

「よかったよ、却って。悪い人じゃなかったけど、何となく優柔不断なとこがあったもの。結婚するかしないかも煮え切らない感じだったじゃない」

「馬鹿みたいね、私って。三人で何回も会ってるのに全然、気がつかなかったんだから」

「明日香は好きになったら、真っ直ぐにいっちゃうんだよね。好きになっても、駆け引きするのが普通だけどな」

「そんなの普通じゃないよ」

「そうかな。試したり探ったりするのも、けっこう愉《たの》しいよ。男と女の関係も戦争みたいなもの。駆け引きが不純だなんて、私、ちっとも思わないし、振ったり振られたりすることもしかたないことだよ。明日香だって、これまで男を振ったことないわけじゃないよね」

心変わりしたことはある。今の恋から、次の恋に移る時は、どちらかが傷つくことは避けられないことだ。円満な別れなんてないと思った方がいい。明日香は頭では分かっていても、尚子のようには割り切れなかった。

「一生、ひとりの男を愛し続け、相手も自分しか見てないっていうのは理想だよ。でも、そんなこと滅多に起こらない」そこまで真面目な調子で言っていた尚子がすっ頓狂な声を上げた。「あ、そうだ。私、ジャンボ宝くじ、初めて買ったの。前後賞合わせて一等賞が当たったら、何しようかな」

「ちょっと、何それ。私の話と関係ないじゃない」明日香は尚子を睨《にら》んだ。

「一生、ひとりの人を愛するのは、ジャンボ宝くじに当たるよりも難しいって言いたかったんだけど、話がそれちゃった。ごめん」尚子が首を縮めて謝った。

なぜか、尚子のそういう言動が、明日香の気持ちを楽にした。

「また恋に落ちたら、すぐに忘れられるよ。人間ってすごくいい加減だと思う。新しい相手が出てきたら、前の恋なんかけろって忘れてしまうでしょう」

明日香は尚子から目をそらした。そして低い声でつぶやいた。「もう私、恋はしない」

「今はそう思ってるだろうけど、いい人が現れたら変わるよ」

尚子にそう言われたが、一年間、思いを寄せる相手は現れず、求める気も起こらなかった。

尚子とご飯を食べたり、会社の男の子たちとカラオケに行ったり、ひとりで映画を観たり、マッサージに行ったりしているうちに、あっと言う間に時は流れていった……。

尚子は酔いが回ってくると、同じ愚痴を繰り返した。話を聞いているうちに雨になった。帰りかけた客が戻ってくるほどの激しい降りだった。

「もう分かったわよ。でも、会社は辞めない方がいいって。どうせ、どこの会社でも起こることなんだから。気にしない、気にしない」

「明日香がそう言うんだったら、辞めないよ」尚子の酔眼に笑みが浮かんだ。「気分がすっきりしてきた。話を聞いてくれてありがとう。乾杯しよう」

「もう飲まないほうがいいよ。明日も会社だし」

「一杯だけ、付き合ってよ。私、グラスシャンパン、飲みたい」

明日香は腕時計に目をやった。「あ、やばい。もう終電ないよ」

「だったら、もう少し付き合って。すごい降りだしさ」

「尚子は勝手なんだから」

「あ、そうだ」尚子がまたすっ頓狂な声を上げた。「うちの部の藤原君から何か言ってこなかった？」

明日香は首を横に振った。

「そうかあ」尚子が含み笑いを浮かべた。

「どうしたのよ」

「彼、明日香が好きなんだってさ」

明日香は目を瞬かせた。「あの子が？」

部で飲み会があった後、藤原が酔った勢いで尚子に告白したそうである。

「あの子、どう？」

明日香は吹き出した。「冗談止めてよ」

「イケメンじゃん。礼儀正しいしさ、社長の甥《おい》っ子だし」

「歳下は嫌」

藤原は今年の春、大学を出たばかりの新入社員である。嵐の松本潤にちょっと似てると評判の美男で、感じのいい若者には違いない。しかし、明日香はまったく男を感じなかった。

「あの子さ、ぐんと歳の離れた女がいいんだって」

明日香は眉を引き締めた。「ちょっと待ってよ。あの子と私、七歳しか違わないし、同じ二十代よ。ぐんと歳が離れてるって言い方、変よ」

「私とも同じ歳の差だけど、私みたいな、きゃんきゃんしてる女じゃなくて、あんたみたいな落着きのある女がいいんだって」

「私が本当の歳よりもおばさんに見えるってこと？」

「いやだあ。そんな風に取らないでよ。明日香は、見た目は可愛いけど、ガキっぽくないじゃん。だから、歳下の男の子が憧れるの、女の私でも分かる」

明日香はグラスを空け、お代わりを頼んだ。「まあ、何でもいいけどさ、私、まったく興味なし。前から言ってるように、私はもう恋はしないの。男なんかいなくても結構、愉しく生きていけることが、この一年でよく分かった。恋愛も癖になるもんなのよね。あんたみたいに恋ばっかりしてる女は、中毒に陥ってる。だから、恋してないと落ち着かない。違う？」

「失礼ね、私のこと病気みたいに言わないでよ」

「功《いさお》さんとはいつまで続くかな」

広岡功は、今、尚子が夢中になっている男である。彼の前でも、酔って愚痴ったりしているのだろうか。していないに決まっている。

「私はうまくいってるんだからいいのよ。それよりもさ、藤原君のことだけど、あの子と適当に遊べばいいじゃない」

「無理ね、私には。歳下の男の子を扱えないもの」

「着慣れない服を思い切って着てみると、性格や態度も変わるよ」

尚子は時々、いいことを言う。しかし、着慣れない服を着てみる勇気は明日香にはまったくなかった。

「もう帰るよ。あんたも図々しいね。愚痴を聞いてもらった相手に、男を斡旋《あっせん》するなんて」

「駄目か。やっぱり。藤原君、落ち込むな」

「私、彼に誘われたことないよ。男のくせに、誘えない奴は駄目よ。いくら顔がよくってもね」

尚子が大きくうなずいた。「そうだね。あいつ気が弱すぎる。失格ね」

自分を好いてくれている男がいる。悪い気はしなかった。しかし、それだけの話。相手が誰であろうが、生々しい付き合いをする気は毛頭ない、と明日香は改めて思った。

明日香は二子《ふたご》玉川《たまがわ》に住んでいる。

解体されるという家は、広い庭を持つ大きな二階家だった。明日香が今のマンションに入居した時は、一階から灯りが漏れていた。いつ空き家になったのかは、近所付き合いのない明日香には分からなかった。半年ほど前の深夜、騒ぎ声がしたのでベランダに出てみると、その家の前にパトカーが停まっていた。後で管理人に聞いたら、ホームレスが侵入し、一ヶ月も暮らしていたという。それまでは老女がひとり暮らしていたが入院した。結果、空き家になったらしい。

人の住まなくなった家はみるみるうちに、朽ちていった。庭には雑草が生い茂り、枝振りのいいマツも勢いを失った。それでも春にはツツジが、夏にはサルスベリが花をつけ、秋が深まると、モミジが色づいた。

季節の移ろいを、明日香は空き家の庭を眺めて味わっていた。

解体屋からもらったゴミ収集袋に、名刺が貼り付けてあった。

『有限会社　解体のヤナギサワ　代表　柳沢卓也《たくや》』

埼玉県所沢に会社はあった。

あの若い男が代表なのだろうか。日向くさい顔が脳裏をよぎった。

翌日から解体が始まった。敷地は白いシートで被《おお》われているので、二階に住む明日香は何も見えなかった。それどころではない。陽は入らず、空もほとんど見えなくなってしまった。しかし、明日香の生活には何の影響もなかった。出勤後に工事は始まり、帰宅する頃には終わっていた。管理人からもらった日程表には土日、休日は工事は行われないと記されていた。

ところが、ちょっとした問題が起こった。明日香は風邪を引いてしまったのだ。熱が下がらないので会社を休んだ。

解体現場の騒音が気になった。防音、防塵はきちんとします、と男が言っていたが、バリバリという不快な音が、熱を出して寝ている明日香の耳許まで達した。

病院に行った帰り、現場の前を通った。作業員の姿が見えた。重機が家の壁を容赦なく崩していた。壁の内部がむき出しになり、台所だったと思われる部屋の半分が、無惨な姿を、冬の陽差しに晒していた。

青い重機のアームの先には大きくて赤い爪のようなものが取り付けられていて、それで壁を挟み、潰している。

重機は前進、後退を繰り返し、操縦席の部分だけが左右に動き、家を壊してゆく。壊すというよりも、ちぎっていくという感じが禍々《まがまが》しい。明日香は眉をひそめた。

操縦している人間が明日香の方に向いた。一瞬、重機の動きが止まった。粉塵の向こうで、男が白い歯を見せて、頭を下げた。ゴミ収集袋を持って挨拶に回っていた男だった。明日香は、予期しない屈託のない笑みに戸惑って、挨拶も返さず立ち去った。

ベッドに戻った明日香の耳許では相変わらず、家が壊されていく音が聞こえていた。

胸があわ立っている。挨拶されたのにそれにまったく応じなかったことを悔いた。風邪を引いていて頭が回らなかっただけではなく、長い歴史を持つ家を、実に巧みに破壊してゆく男が、非情な人間に思え、彼の見せた白い歯が、破壊者の満足感を表しているようにさえ見えたのだ。

しかし、明日香はベッドの中で、自分の思いや振る舞いが幼稚だと心を曇らせた。彼の仕事は解体である。残忍な気持ちを抱いて、家を壊しているわけではないし、マシーンを止め、笑みを見せて一礼したことも、迷惑をかけているという気持ちの表れ以外の何物でもない。冷静になればなるほど、自分の態度が恥ずかしくなってきた。しかし、改まって、現場におもむき、謝るのも変である。忘れるしかない、と布団をかぶった。

木曜と金曜の二日間、会社を休んだのがよかったのだろう。熱が引き、喉の痛みもほとんど取れた。土曜日もゆっくりしたかったが、そうもいかない事情があった。弟の結婚相手と食事をすることになっていたのだ。俊介《しゅんすけ》はすでに婚約者を両親には引き合わせたが、明日香には会わせていなかった。

俊介は広尾《ひろお》にある図書館に勤めている。弟との待ち合わせ場所は図書館だった。明日香は約束の時間よりもかなり早く着いてしまった。

俊介の仕事場は都市・東京情報コーナーだった。俊介はカウンターにいて、男の閲覧者に本を渡しているところだった。

弟から本を渡された閲覧者が振り返った。

「あ」明日香は思わず、声を上げてしまった。

大して大きな声ではなかったが、静まり返った図書館では御法度《ごはっと》の音量だった。男もびっくりした様子だった。解体屋の手には大判の地図帳が握られていた。

弟が明日香のところにやってきた。「早いね。もう少し待ってて」

「喫茶室にいるね」

弟がカウンターに戻ると、男が口を開いた。「いやあ、こんなところでお会いするとは」

「そうですね」

会話が途切れた。

「音がうるさいでしょう。すみません。もう少し我慢してください」

明日香は目を伏せた。「この間は失礼しました」

「この間？」男は怪訝《けげん》な顔をした。

「いいんです。何でもありません」そう言ってから、カウンターにいるのが弟だと教えた。

「へーえ。僕、しょっちゅう彼に本を頼んでるんですよ。すごく親切にしてもらってます」

「何を調べてるんですか？」

男は周りに目をやった。「一緒に喫茶室に行ってもいいですか？」

明日香と解体屋の男は最上階にある喫茶室に入った。食券は彼が買い、飲み物も取りに行ってくれた。

窓際の席に座ると男が名乗った。名刺にあった名前だった。

経営者にしては若すぎると思ったが、そのことは口にしなかった。

明日香も自己紹介した。

柳沢卓也は、東京の街の変遷を調べるのが趣味だと言い、七〇年に発行されている住宅地図を明日香に見せた。

「必要な部分をコピーして、明日は今、井口《いぐち》さんがお住まいの辺りを散策しようと思ってるんです」

柳沢卓也は大きな地図帳のページを捲《めく》り、真剣な目つきで見つめた。澄んだ瞳が鈍く輝いていた。髭の剃り跡が引き締まった頬に目立つ。色黒で、肩の肉が盛り上がり、腕も太かった。しかし、日焼けサロンで焼いた肌の色ではない。ジムで鍛えた躰とも思えなかった。肌の色は別にしても、立派な躰は、日々の労働がもたらした自然なものに違いなかった。服装はごく普通。ベージュのワークパンツに黒いトレーナー姿だった。

「ここが、今、井口さんの住んでいるマンションが建っているところです」顔を上げた柳沢卓也の厚い唇から白い歯が覗いていた。

明日香は太い指が指し示した辺りを見た。マンションのあった場所は、その頃はある会社の社宅だった。

「隣の家、この頃もあったのね」

「もっと前に建てられたものらしいですよ」

「通りをはさんだところに建ってるマンション、銭湯だったんだなあ。面白いですね、こうやって比べてみると」

「明日、時間ありますか？」

明日香は目を上げた。

「一緒に見て回りませんか」

答えに窮した。面白いと言ったのは嘘ではないが、わざわざ地図を頼りに散策するほどの興味は持てなかった。

「終わったら、食事でもしませんか」

「…………」

「行きましょう、一緒に」柳沢は真っ直ぐに切り込んできた。

「でも、私……」

「明日が駄目だったら、来週でもいいですよ。じかに目にすると、もっと興味が湧いてきますよ。絶対です」

臆するところは微塵もない。だが、女に慣れた男の口説きとはまったく違う、清々しい誘い方だった。

心が動いた。しかし、その心を抑えてしまうもうひとりの自分がいた。

返事をしない間に弟がやってきた。

「午後三時に、解体現場の前で待ってます。ぐるりと回って、早めの夕食ということにしませんか。明日は快晴。気温も今日よりもぐんと上がります。気持ちのいい散歩になると思います」そう言い残すと、柳沢は白い歯を見せてにっと笑い、喫茶室を出ていった。

弟が、男との関係に興味を持った。明日香はどのようにして知り合ったかを教えた。柳沢卓也は、時々、やってきて地図だけではなく、戦前の資料もコピーしているという。

俊介が結婚するという女は、都内の高校で英語を教えている教師だった。弟よりもひとつ歳上の二十七歳。弟の趣味は天体観測だが、彼女も同じ趣味の持ち主だった。出会ったのは八ヶ岳の天文台のあるペンションだそうだ。

「私のマンションで、俊介に星を見せられたことがあったわ」明日香が言った。「双眼鏡を使ってね」

「あの夜は天候にも恵まれてたから、北斗七星もカシオペア座もよく見えたな」

「夜、ずっとマンションのベランダで星を見てたら、自殺者と間違えられたことがありました」婚約者が短く笑ってワイングラスを空けた。

初めのうちは緊張していたらしく言葉数も少なかったが、星の話がきっかけになったのだろう、急にリラックスし、酒の量も増えた。物事をはっきり言う女で、学校に対する不満もあけすけに語った。弟がすでに尻に敷かれているのは手に取るように分かった。母は、このおしゃべりを嫌っていたが、腹蔵のない証《あかし》だと、明日香は肯定的に受け取った。

彼らと会食をしながらも、脳裏の隅に柳沢卓也のことがこびりついていた。強引である。しかし、嫌なものは何ひとつ感じなかった。

「私、不器用なんで、ラッピングってすごく苦手なんです」

俊介の許嫁《いいなずけ》の声で我に返った。

「え？」

「どうしたの、姉さん」

「ラッピングね。私、英語は駄目だけど、ラッピングは上手な方かな。会社に入ると、全社員がラッピングの講習を受けさせられるの」

「じゃ、誰かにプレゼントをする時、自分でやられるんですか？」

明日香は首を横に振った。「お店の人に任せますよ。下手な人には腹が立つけど」

祐司と付き合っていた時、自分でラッピングしてクリスマスプレゼントを贈ったことがあったことを思いだした。

去年のクリスマスは、彼と別れた直後にやってきた。イルミネーションの輝きが、自分を刺すナイフの切っ先のように思えた。同僚の家でのホームパーティーに誘われたが、出席する気にはなれず、イブの日はひとりですごした。自分のために、欲しかった時計を思い切って購入した。「贈り物ですか？」と売り子に訊かれた。明日香は首を横に振り、家に戻って自分でラッピングした。よく冷やしておいたシャンパンを開け、ケーキを用意した。そして猫の鳴き声がクリスマスソングになっているCDを流した。自分の中に徹底的に引きこもってしまうと、気分が落ち着いてきた。寂しさと引き替えに得た充実感に、明日香は慰められた。


柳沢卓也が言った通り、翌日は暖かい気持ちのいい日だった。朝から何となく落ち着かなかった。

午後三時が迫ってきた。ベランダからは、白いシートのせいで、彼の姿は見えなかった。

明日香はバッグを手にして外に出た。

解体工事現場の入口に立っていた柳沢卓也は、明日香を見ると「やあ」と言って、軽く手を上げた。

「ちょっと強引すぎません？」明日香が言った。

「すみません。つい愉しくなっちゃって」

「私が来なかったら、ずっとここに立ってるつもりだったんですか？」

「どうだったんだろうな」柳沢卓也は他人事《ひとごと》のように言い、ショルダーバッグの中から、地図のコピーを何枚か取りだした。「もしよかったら、さっそく出かけましょう。陽が落ちるのが早いですから」

明日香は苦笑し、彼の後について歩き始めた。柳沢卓也は多摩川の方に向かった。

七〇年、九〇年、そして現在の住宅地図のコピーを見比べ、卓也が熱心に街の変わり具合を説明してくれた。不動産屋に連れられて物件を見て歩いているような錯覚に陥った。

「その立派なマンション、七〇年頃には、大きな邸だったのね」明日香が地図と建物を見比べながら言った。「プールまであるじゃない」

柳沢卓也が新たな地図を取りだした。「こっちの地図は七〇年代後半のものだけど、テニスコートに変わってます。あの頃、テニスがブームになった影響でしょう。それが九〇年頃は、また誰かの邸に変わり、バブルが弾けた後、今のマンションが建った。時代が見えてくるでしょう」

「山下さんって家、ずっとここに暮らしてるんだ。家は建て替えられたみたいだけど」

「この辺はまだ、昔から住んでる人が残ってる方だよ。たとえば、六本木ヒルズ辺りなんか、街そのものが消滅してる。井口さん、出身はどこ？」

「福井です」

「じゃ、住民の移動はあまりないよね」

「福井でも郊外に行くとすごく変わったけど、私は市内の真ん中の方だから、それほど変わっていない。でも、子供が都会に出ちゃって、住む人のいない家は増えました」

卓也はツタの絡まる廃屋の写真を撮ったり、路地に入り込んだりと忙しい。

自分の住んでいる周辺の変遷を見るのは面白かった。しかし、じかに見て回ると、もっと興味が湧くと言われたが、そこまでのめり込む気にはなれなかった。

また祐司のことが脳裏をかすめた。彼は、サッカーの熱狂的なファンだった。明日香は彼に付き合って、地方にまでゲームを観に行ったこともあった。サッカーは面白い。そう思ったが、彼ほど入れ込むことはなかった。選手やプレイのことを目を輝かせて語っている彼に合わせているという気持ちの方が強かった。

路地に入り込んでゆく卓也の背中を見ながら、明日香は、同じような思いを抱いている自分に気づいた。

二時間半、たっぷりと歩いた。途中で陽が沈み、久しぶりに明日香は夕焼けを見た。その間にふたりはすっかり打ち解けた。地図を巡る旅を終えると、卓也はタクシーを拾って、三宿《みしゅく》に向かった。こぢんまりとしたダイニングバーの奥の席が予約してあった。注文は卓也に任せた。

「素敵な店ですね。よく来るんですか?」

卓也が照れくさそうに笑った。「ネットで検索して見つけたんです。学生の頃は、洒落《しゃれ》た店を少しは知ってたけど、今の仕事をやり出してからは、もう全然分からなくなっちゃったな。会社の近所の居酒屋で飲むことが多いから」

赤ワインで乾杯した。

「どうでした？　ちょっと長すぎたかな」

「愉しかったわ。それにいい運動にもなった」

「よかったら、また一緒に出かけましょう」

明日香は小さくうなずいた。「昔から残ってる家があると、よく頑張ってるねって気持ちになったわ」

「東京は移り変わりが早いから」

「柳沢さんのお仕事って、移り変わりを早める仕事ですよね。だから、東京巡りが趣味になったんですか？」

「いや、そうじゃないんです。俺、大学を出てからある建築事務所に勤めてたんですけど、七年前に親父が急死して、家業を継がざるをえなくなった。その頃、弟はまだ高校生だったしね。東京の町並みに興味を持ったのは学生の頃です。今は所沢に住んでますが、生まれは葛西《かさい》なんです。都市開発が進んだから、親が土地を手放して、今のところに移ったんです。それもあって、東京の変遷に興味を持ったみたいです」

「柳沢さんっておいくつなんですか」

「三十二です」

「じゃ、二十五歳で社長になったんですか？」

「その頃の代表はお袋だったし、実際に現場を仕切ってたのはベテランの社員でしたよ。重機を操作するのも年季がいる。ひとつ間違えれば、隣の家の壁を壊したりしてしまいますからね」

「実際に、そういうことがあったんですか?」

「操作を誤って、隣の塀を見事に壊したことがあったな。その時は大変でしたよ」卓也は顔をくしゃくしゃにして笑い、グラスを口に運んだ。「でも、今は上手ですよ。鉛筆一本だって摑めます」

「それってすごい」

「でも、油断してると失敗してしまう。結構、神経遣う仕事なんです」

「じゃ、UFOキャッチャー、得意ね」

「いやあ」卓也は肩をゆらして笑った。「あれは駄目。俺、本当はすごく不器用なんですよ」

ふたりの笑いが重なった。笑いの波が引いた時、目が合った。卓也が先に視線を外し、肉を頰張った。

「今、解体してる邸、相当立派でしたね」明日香が静かに言った。

「すごく造りのいい家です。いい材料を使って、いい大工に造らせた家ですよ」

「庭も素敵でした。ツツジもあったしサルスベリもあった」

「ヒメシャラもヤマボウシもありましたね」

「植木はどうするんですか?」

「処分してくれと言われたんですが、立派なものが多いんで、許可を得て、うちで引き取ることにしました。うまく根付いてくれるといいんだけどね」

「誰かが住み続ければいいのに」明日香はビーフシチューを取り皿に分けた。

「解体屋の俺には詳しいことは分かりませんが、母親が死んだ後、子供たちが、あの土地をある不動産屋に売却したらしい」

「じゃ、跡地にはマンションが建つんですか」

「おそらくね。こんな状況なのに、あれだけの敷地を個人で購入できる人はいないでしょうから」

明日香の住まいは二階である。低層のものでもマンションが建ったら、陽差しは遮られてしまう。

卓也がスペアリブを口に運んだ。「古い建物が失われるのは寂しいことですよ。でも、解体の仕事を続けているうちに、家は家だって思うようになりました」

「家は家？」

「そう。住んだ人の歴史や思い出がいっぱい詰まってるかもしれないけど、過去をリセットすることも悪いことじゃない。どんなに立派な家も朽ちるし、思い出も色褪《あ》せるでしょう？　廃墟が世界遺産になることもあるけど、廃墟は廃墟です」

「言ってること分かりますけど、私、なかなかそういう気にはなれません」

卓也が頬をかすかにゆるませた。「こんなこと言うと誤解されそうだけど、解体した後、整地するんです。その時、何とも言えない解放感を感じます。大事にしたい思い出も忘れたい過去も、すべてなくなる。そして、そこにまた新しい建物が建ち、人の営みが始まり、壁が汚れ、柱に疵《きず》がつく。解体と建築とのつかの間、その土地は広々とする。広い空みたいっていうと大袈裟だけど、ともかく、解放された感じがする。それを見るのが好きでね。俺って変かな」

明日香は首を横に振ってグラスを空けた。

彼の言ったことが、なぜか自分の心模様と重なった。祐司とのことはすでに過去のことで、気にはならないが、自分は空き家に引きこもったままでいるような気がしたのだ。

卓也はよく飲み、よく煙草も吸った。そして、自分の思いを静かな口調で語る。明日香は、そんな卓也に惹《ひ》きつけられている自分に気づいた。

携帯の番号、それに携帯メールとパソコンのアドレスも交換した。

別れ際、水曜日の夜も一緒に食事がしたいと言われた。躊躇《ためら》う気持ちはなかった。いい友だちが出来たと思えばいい、と自分に言い聞かせて承諾した。

携帯にメールがよく入ってきた。何ていうことのない文面だが、昔みたいに律儀に返信せず、打っちゃっておいた。明日香は卓也との距離を取りたかったのである。

三日後、食事をしながら、明日香は自分の仕事のことを話し、島田役員を肴《さかな》に大いに笑った。

「一度、彼の奥さんを見てみたいの。ああいう人と結婚する女ってどんな感じなのかって、ねちねちやられるたびに思うの」

「控え目で大人しくて、右を向いてろって言われたら、その通りにする人じゃないかな」

「逆かもよ。すごく強くて、彼は何にも言えない。だから、会社でねちねちするんじゃないかしら」

「今の話を聞いていて、その役員は、奥さんを大切にしていて、子煩悩って感じがしたな。奥さんはそんな彼をすごく頼ってるから、彼の言うことをよく聞く。円満な家庭のように思える」

そう言われてみると、そんな感じがしないでもなかった。

卓也の仕事についても話題に上った。リサイクル、アスベスト処理、産業廃棄物の処理と法規制が厳しいから、届け出義務がいくつもあるそうだ。

「コンクリートの処理はどうするの？」

「あの重機、ショベルカーとか、油圧ショベルとかいろんな言い方するんだけど、アームの先の部分は用途によって取り替えがきくんです。爪のようなものもあれば、ペンチのようなものもあります。あさま山荘事件の映像を見たことある？」

「うん」

「大きな鉄球が、壁を壊してたシーンを覚えてる？」

「覚えてる。あのシーン、すごく印象に残ってるもの。鉄の球がどんって家にぶつかってた」

「昔はああやって解体してたんだけど、今はさっき言った爪やペンチで壊すんだよ」

卓也といると、あっと言う間に時間が経った。心は動いているのだが、恋人関係になるのだけは避けたかった。

しかし、曖昧な関係に答えを出さなければならない時が、三回目のデートで訪れた。

図書館でばったりと遭遇して一週間しか経っていない次の土曜日、明日香は卓也と共に早稲田界隈の散策に出かけた。そして、新宿で飲み食いした。

帰り際、靖国通りの交差点で信号待ちをしている時だった。

「俺と付き合ってくれませんか」卓也は周りの人に聞こえるくらいの大きな声で言った。

胸を小突かれたような衝撃が躰に走った。

「まだ会って一週間よ」

「そんなこと関係ない。俺は明日香さんのことが好きになった。だから、付き合ってほしい」

信号が変わっても、明日香は歩道に立ち尽くしていた。

「好きな人、いるんですか？」卓也は視線を合わせずに訊いた。

「いないわ。付き合ってた人とは一年前に別れました」

「俺にも二年前まで恋人がいました。結婚するつもりだったけど」そこまで言って卓也が空を見上げた。「死んじゃったんです」

「死んだ？」

「膵臓《すいぞう》ガンでね。それからずっと空き家です。俺、もう恋なんかしないんじゃないかって思ってたんだけど」そこまで言って、はにかんだように笑った。「またしちゃった」

「私……」

明日香は歩きだそうとした。卓也がその腕を取った。躰に緊張が走った。

「信号、赤ですよ」卓也が力なく笑った。

「私、卓也さんと会うのはすごく愉しい。でも……」

「分かりました」

「いや、違うんです」

「何が？」

「友だちでいたいんです。そしたら、ふたりはこの先もすごく仲良くやっていけるって思うの」

「友だちね」卓也が少しむっとしたようだった。「それでもいいって言いたいけど、やっぱ、嫌だな。俺は明日香にもっともっと会いたいし、もっともっと大事にしたいし、抱きたいし……」

「卓也さん、ストレートすぎます、私には」

卓也が明日香の腕を取った。「信号、変わったよ」

明日香は彼に腕を取られたまま横断歩道を渡った。駅に着くまでどちらも口を開かなかった。

改札口まで卓也がついてきた。

「メールします」明日香の声は自分でもびっくりするぐらい硬かった。

卓也は薄く微笑んでうなずいた。だが、目には寂しげな色が浮かんでいた。


帰宅の途中、解体現場の前を通った。シートの間から、敷地を覗いてみた。青い重機が、巨大なペンチを取り付けた腕を下げて敷地の隅に置かれてあった。赤いペンチのせいだろう、闘いに敗れ、血だらけになった恐竜のように見えた。

家に戻っても、すぐには眠れなかった。シャワーを浴び、寝る準備を整えてからカンパリソーダを作った。

友だちでいたい。何と嘘くさい言葉だろうか。しかし、他の言葉は、ベッドに潜り込んでからも思いつかなかった。

卓也のことが好きである。以前の自分だったら、恋に落ちた時、気持ちをねじ曲げることなど決してなかった。しかし、今は違う。常夏の海に誘われると、抜けるような青い空や白い砂を思いだすのは一瞬のことで、躰を焼きすぎ、火脹《ひぶく》れを起こした時の苦しみが頭一杯に浮かんで、ぞっとする。そんな気分にしかならないのである。

卓也の思いに応えれば、あのひりひりした痛みをまたもや経験しなければならなくなるかもしれない。彼との関係を深めるのが怖かった。しかし、これで卓也との逢瀬《おうせ》が終わってしまったら、と思うと、やりきれなかった。どっちつかずの自分に腹が立った明日香は、何度も布団を拳で叩いた。

このことは尚子にすら話さなかった。好きになっても駆け引きが必要。上手に付き合えばいい、と彼女は言うに決まっている。

月曜日、会社から戻るとベランダに出た。シートに被われているので、解体現場は見えない。しかし、夕方まで卓也がそこにいたはずだ。自分が不在でも、彼が自分の傍にいるような気がした。

卓也のパソコンにメールを打つことにしたが、どういう風に自分の気持ちを伝えたらいいのか分からず、書いたり消したりを何度も繰り返した。

傷ついた過去の恋に触れ、恋の先行きがどんなものか知ってしまった。だから深い付き合いは避けたいのだ、と書いた。

読み返してみた。受け取りようによっては、友だちでいたい、と言ったのと同様、婉曲的に、卓也とはそういう関係になりたくない、と言っているような文面になっている。

卓也に恋したが、恋そのものが怖いのだ、と書けば、それですんでしまうのだが、そう書いたら、卓也は引き下がるはずはない。果敢に攻めてくるに違いない。

煮え切らないメールに、愛想を尽かされるかもしれないが、やはり、本当のことは書けなかった。

時として、送ってしまったメールを取り返したくなることがある。送信ボタンを押した瞬間、明日香もそういう気持ちになった。

返事はすぐに返ってきた。拍子抜けするほど短いものだった。

『明日香さん、クリスマス・イブはどうしてますか？』

たったそれだけだった。苦心して書いた内容については、一切、触れていない。無視したのには理由があるはずだが、いくら考えても、腑に落ちる答えは見つからなかった。明日香は返信しなかった。

翌日は天皇誕生日だった。明日香は尚子と銀座に買い物に出かけた。裏道に新しくできたショッピング街を回る。その間も明日香は卓也のことが頭から離れなかった。尚子はバーゲンでの買い物が得意で、彼女と一緒だと、明日香も思わぬ拾いものをすることがある。しかし、却って散財してしまうことの方が多かった。

両手に紙袋を提げたふたりは、喫茶店に入った。

「明日香、明日はどうしてるの？」尚子に訊かれた。

「何にも決めてないよ」

「去年みたいに、ひとりですごすの」

「だから、何も決めてないんだって」語気が強くなった。

「どうしたのよ。そんな怖い顔しなくてもいいじゃない」

明日香は人で賑わっている街頭に目をやった。「誘ってくれてる人がいるんだけど、返事してないの」

ケーキを口に運ぼうとしていた尚子の手が止まった。フォークを宙に浮かせたまま明日香をまじまじと見つめた。

「話、聞かせてよ」

「うーん」

「言いたくない理由があるの？」

「別にないけど、余計なことを言わないでくれる？」

尚子は大きくうなずき、ケーキをぺろりと口に入れた。

明日香は卓也のことを事細かに話した。何度か尚子が口をはさみそうになったが、「黙って最後まで聞いて」とぴしゃりと言って、彼女を制した。

「……ただそれだけの話だけど、相手がすごく性急だから、私、返事してないの」

尚子がにやりとした。「すごく愉しそう」

「え？」

「話してる時の明日香、生き生きしてた」

「そう？　別に私……」

「ガツガツしてる男なの？」

「そういう感じは全然しない」

「だったらいいじゃん。はっきりしない男よりかずっといいよ。私に会わせてくれたら、どんな男か見抜いてあげられるのに」

「祐司の時も、お勧めだって言ってたよ」

「そうだったっけ」

「あんた、いい加減なんだから」

「気楽に考えればいいじゃん。イブの日をひとりですごすよりも、その男と一緒の方が愉しいでしょう」

「どうかな」明日香はつぶやくように言った。「ひとりの方が気楽かも」

「マジで？」

「うん」

答えたことに嘘はなかった。しかし、なぜか、居心地の悪い椅子に座らされているような気分がした。

「あんたは功さんとすごすんでしょう」

「そうよ。ミッドタウンのレストラン、予約してくれてるの」

「プレゼント、もう用意したの？」

尚子は、新発売の携帯音楽プレーヤーを買ったという。

「功だって、全然、もったいつけなかったよ。私の方は、わざと焦らしたりしたけど」

「お得意の手ね」

尚子が照れくさそうな顔をし、しめやかな声で言った。「私ね、功と春に結婚することにしたの」

「本当に？　前のカレシん時は、するするって言って結局、別れちゃったじゃない」

「今度はするよ」

「知り合ってまだ二ヶ月も経ってないんじゃないの」

「時間の問題じゃないよ、こういうことは」

卓也と同じようなことを尚子は言った。破局を迎えた自分のことを思い返してみれば、付き合いが短いからよくないとは言えない。

「よかったね。おめでとう。で、会社辞めるの」

「そのつもり」

「なーんだ。じゃ、この間、愚痴聞いて損した」

「だってさ、あの時はまだプロポーズされてなかったもん。一昨日、彼ん家《ち》で言われたの」そこまで言って、尚子は意味ありげに微笑んだ。「でも、あの日、私の愚痴を聞いてよかったのよ」

「どうしてよ」

「私に付き合ったせいで、寝坊したんでしょう。寝坊してなかったら、その解体屋に会ってないじゃん」

「ちょっと待ってよ。私はそのことで頭を痛めてるのよ」

「あんたが、ぐずぐずしてるの、相手から見たら、駆け引きしてるみたいに見えてるのかもしれないね」

「そういう裏を読むような人じゃないよ」

「いやに肩持つね」

「肩なんか持ってない。本当のことを言っただけ」

「その解体屋に、あんたも解体されればいいのよ。恋しないなんて言ってるけど、あんたもうしてるもん。カメが甲羅ん中に顔を隠してるみたいだから、甲羅ごと、重機でがしゃんって潰してもらえばいい」

「やっぱり、あんたに話すんじゃなかった」

尚子が時計を見た。「あ、もうこんな時間だあ。私、金沢の友だちと渋谷で待ち合わせてるの。ごめん、先に行くね」

ひとりになった明日香は、自分のためのプレゼントを探しに再びデパートやブティックを回った。しかし、何も買わなかった。満足感を得られるものが見つからなかったのだ。

雑踏を新橋の方に歩いた。雑居ビルのひしめく一角に小さなイタリアン・レストランがある。その店にはカウンターがあり、マスターと仲良くなったから、ひとりでも立ち寄れる。

レストランに向かっていた時、今までまったく気づかなかった店の前で足が止まった。小さなウインドーにミニチュアの車が飾られていたのだ。その中に、卓也が操縦しているような重機も並んでいた。

明日香は吸い込まれるように店に入った。

「いらっしゃいませ」度の強い眼鏡をかけた小柄な店員に挨拶された。

店に飛び込んだはいいが、明日香はすぐに口を開けなかった。

「何かお探しですか？」

「いえ、あのう……。重機がほしいんですけど」

「重機と言ってもいろいろありますが」

「家を解体する時に使うのがいいんです。何て言いましたっけ」

「油圧ショベルですね」

商品がいくつかガラスケースの上に置かれた。

「これがいいです」明日香は青い車体の重機を指さした。「これで家を解体するんですよね」

「本物はそうですが、ミニチュアでは無理です」

そっけなくそう答えた店員に、明日香はちょっと腹が立った。

「そのぐらい分かってます」

「これだとアタッチメントも三種類、用意されていますから、取り替えがききますよ」

店員がアタッチメントをケースの上に置いた。いずれも赤い色をしていた。卓也が操縦している本物と瓜《うり》ふたつである。

「こちらが油圧クラッシャーと言って……」店員が丁寧に説明してくれ、取り付け方も教えてくれた。

「すごく恰好いいですね。付属品も一緒にいただきます」

「プレゼントですね」

「はい」

「しばらく時間をください」

立ち去ろうとした店員に言った。「包装しなくていいです」

夕食もそこそこに家に戻り、さっそく箱から油圧ショベルを取りだした。

まさに衝動買いである。自分のために買ったのか、卓也に会って渡したいのか、よく分からなかった。

気持ちが楽になった。卓也とは浅瀬で足の先を濡らしたような関係でしかない。そんな相手の使っている重機のミニチュアと一緒にイブをすごす。まだ始まったとも言えない恋に、そうやって終止符を打つ。淡い想いだけを託すには、ミニチュアはもってこいのものに思えた。明日香は自分でラッピングをした。明日、自分に贈るために。

イブの日も快晴だった。その分だけ陽が落ちると、底冷えがしてきた。明日香は会社の帰り、予約しておいたローストチキンとケーキを手にして家路を急いだ。

解体現場の前を通った。敷地を被っていたシートが外され、青い重機が整地された敷地の隅に置かれてあった。

卓也はもうここには来ないのだ。そう思うと、急に心が翳《かげ》った。

日程表を見てみた。二十四日は重機搬出と書かれてあった。だが、重機は残っている。予定が少し遅れたのかもしれない。

ベランダに出て、整地された敷地を再び眺めた。古い家も樹木もすべて綺麗さっぱりなくなっている。そこにどんな家が建っていたかも、いずれ人々の記憶から消えてゆくのだろう。ひとつの歴史が幕を閉じたのだ。

確かに解放感があった。明日香は大きく伸びをし、冷たい空気を胸の中に送り込んだ。

ひとりですごす二回目のイブである。猫のクリスマスソングは止めて、クラシックをかけた。

意識が卓也にいっているのに、心がかき乱されることはなかった。恋心が底をついてしまった。そう思うとちょっと寂しかったが、このおだやかなイブを乱されたくはなかった。

そろそろ自分のためのプレゼントを開けようとした時、携帯が鳴った。

卓也からだった。出ようか出まいか、迷っているうちに切れてしまった。しかし、間髪を容《い》れずにまた鳴りだした。

「はい」

「ひとり？」

「ええ、まあ」

「クリスマスプレゼントを用意したんだけど、受け取ってもらえるかな」

「…………」

「大したものじゃないけど、是非、受け取ってほしいんだ」

「もう家に戻ってしまったから、出かけるのはちょっと」

「よく聞こえないからCD消してくれない？」

明日香は言われた通りにした。

「聞こえない？」卓也がしめやかな声で言った。

「え？　そっちの方がうるさいよ。仕事中なの？」

「携帯をおいて、耳を澄ませて」

まさか。明日香は携帯を握ったままベランダに飛びだした。かすかに重機が動く音が聞こえたのだ。

果たして、重機がゆっくりと、明日香のマンションの方に向かって進んでくるのが見えた。操縦しているのは卓也だった。

重機の腕が高々と上がった。大きな爪が明日香の方に迫ってくる。

「止めてよ」思わず、明日香は大声で叫んだ。

だが卓也には聞こえていないようである。携帯を耳に当てた。

「ご近所迷惑でしょう？　止めて」

重機の動きが止まった。高く上げられた腕の先で何かが揺れている。

「ママ、見て。あそこにサンタがいるよ」

そんな子供の声が、同じマンションの上の方から聞こえてきた。

爪の部分に大きなサンタクロースが揺れていた。

「キングコングの気分だよ」卓也が言った。

「え？」

「爪で、明日香を摑まえて、どこかに連れていきたい」

明日香はサンタクロースを見つめていた。その向こうに空が広がっていた。

隣の敷地がシートで被われている間に、空がうんと広くなり、新しいものに変わったような気がした。暗青色の空に星がかすかに瞬いていた。

明日香は空を見上げたまま、つぶやくように言った。「上がってきて」

重機がゆっくりと腕を畳み始めた。

再び子供の興奮した声が辺りに響いた。

「空からサンタが下りてくるよ」

藤《ふじ》田《た》宜永《よしなが》

１９５０年福井県福井市生まれ。86年『野望のラビリンス』でデビュー。95年『鋼鉄の騎士』で第48回日本推理作家協会賞長編部門受賞。99年『求愛』で第６回島清恋愛文学賞受賞。２００１年『愛の領分』で第１２５回直木賞受賞。主な著書に『リミックス』『喜の行列　悲の行列』『たまゆらの愛』『燃ゆる樹影』『敗者復活』など。

初出『小説すばる』

逆上がりの空　２００６年６月号
小さくて不思議な空　２００６年９月号
空が割れる　２００７年11月号
画用紙の中の空　２００７年５月号
鈴の響く空　２００７年８月号
サンタの空　２００８年８月号

空《そら》が割《わ》れる

2010年4月10日　第1刷発行

著者　藤《ふじ》田《た》宜永《よしなが》

発行者　加藤　潤

発行所　株式会社集英社
東京都千代田区一ツ橋2―5―10　〒101―8050
電話　03―3230―6100（編集部）
03―3230―6393（販売部）
03―3230―6080（読者係）

印刷所　凸版印刷株式会社

製本所　ナショナル製本協同組合

ISBN 978-4-08-771345-9　C0093

定価はカバーに表示してあります。